長編超《スーパー》伝奇小説
書下ろし
魔界都市ブルース

菊《きく》地《ち》秀《ひで》行《ゆき》

闇《あん》鬼《き》刃《じん》

NON NOVEL

祥伝社

CONTENTS

カバー&本文イラスト／末弥　純
装幀／かとう　みつひこ

二十世紀末九月十三日金曜日、午前三時ちょうど――。マグニチュード八・五を超《こ》す直下型の巨大地震が新宿区を襲った。死者の数、四万五〇〇〇。街は瓦礫《がれき》と化し、新宿は壊滅《かいめつ》。そして、区の外縁には幅二〇〇メートル、深さ五十数キロに達する奇怪な〈亀裂〉が生じた。新宿区以外には微震さえ感じさせなかったこの地震は、後に〈魔　震《デビル・クエイク》〉と名付けられる。

以後、〈亀裂〉によって〈区外〉と隔絶《かくぜつ》された〈新宿〉は急速な復興を遂《と》げるが、その街を産み出したものが〈魔震〉ならば、産み落とされた〈新宿〉はかつての新宿であるはずがなかった。早稲田《わせだ》、西新宿、四谷《よつや》、その三カ所だけに設《もう》けられたゲートからしか出入りが許されぬ悪鬼妖物がひしめく魔境――人は、それを〈魔界都市“新宿”〉と呼ぶ。

そして、この街は、哀しみを背負って訪れる者たちと、彼らを捜《さが》し求める人々との物語を紡《つむ》ぎつづけていく。あらゆるものを切断する不可視の糸を手に、魔性《ましょう》の闇を行く美しき人捜し屋《マン・サーチャー》――秋《あき》せつらを語り手に。

第一章　忍び寄る靴音

1

前年の秋にその兆《きざ》しはあった。

〈早稲田《わせだ》大学〉周辺で、女子大生の惨殺事件が勃発《ぼっぱつ》したのである。

計五件に及ぶそれは、大型の刃物と思《おぼ》しい凶器と、犠牲者の有様《ありさま》によって、海の彼方《かなた》のもうひとつの魔都ともいうべき都市での伝説的連続殺人を、〈区民〉の記憶に上らせた。

「手口はほぼ——どころか、全く同じと見てよろしい」

と〈新宿《しんじゆく》TV〉のスタジオで、鑑識医の吾妻千三郎《あずませんさぶろう》博士は、刃渡り三〇センチ近い大刃《おおば》ナイフ——正確には肉切り包丁《ぼうちょう》を右手に持って凶行の実演を行なった。

「まず、巧《たく》みに犠牲者の背後に廻《まわ》り、髪の毛を摑《つか》んで仰向《あおむ》けにさせ、守る術《すべ》を失った喉《のど》を、真一文字《まいちもんじ》に切り裂き、その後、腹を裂いて内臓への暴挙と子宮の切断に励《はげ》んだものであります」

落ち葉の黄ばみだけは〈区外〉と変わらない〈魔界都市〉の一角で連続した殺人も、極《きわ》めて正統にその歴史を追っていた。

女子大生たちはひとり残らず、その体内のものを石畳《いしだたみ》の道に架《か》かる陸橋やガス燈が造り出す影の中にさらけ出していたのである。小さな赤い沼とともに。

次の発言者は今回の捜査陣の指揮を取る〈新宿警察〉の松林《まつばやし》殺人課長であった。

「この病的とも言える殺害後の行動から、犯人は、病的変質者か、犠牲者たちに怨《うら》みを持つ人物と想像されており、これは間違いない事実と思われております。過去の事件の被害者は全員、娼婦《しょうふ》でありました」

ここでひと息入れ、

「しかしながら、犯人の性癖《せいへき》を明らかにするこの一点が、今回の事件では、一応の共通点は見受けられるものの、最大の相違点ともなります。ご存じの通り、被害者は全員、単なる女子大生であり、警察の調査によって左様《さよう》な職業とは縁もゆかりもないことが証明されております。犯人の——新たな〝切り裂きジャック〟とも呼ぶべき変質者の狙《ねら》いは女子大生そのものにあると思われます。我々の犯罪者リストには、その辺《あた》りを彷徨《ほうこう》する者が網羅《もうら》されており、逮捕は時間の問題と思われます。女子大生の方々には登下校の際には男子学生や友人を伴《ともな》い、通行の場所を選ぶなどしてくださるようお願い申し上げます」

ここで視聴者からの質問が放送され、課長はその回答も受け持った。

『五人も殺害されているのに、逮捕は時間の問題と断言していいのですか?』

「勿論《もちろん》です。〈新宿警察〉はこれまでも数多くの怪事を剔抉《てっけつ》してまいりました。今度の件も全幅の信頼を置き、安心して日々をお過ごしください」

『新たな〝切り裂きジャック〟——〝ジャック〟と呼びますが、犠牲者たちの襲われた地点——犯行現場はすべて、〈早大《そうだい》〉近くの〈世紀末倫敦《ロンドン》通り〉内です。この点はどうお考えですか?』

「それこそが、我々が彼を一種の変質者とみなす最大の理由なのです。あの通りが出来る以前は、今回のような陰惨な事件は起きておりません。つまり、犯人が抱《いだ》いていた生来《せいらい》の殺人願望が、その通りの存在によって、具体的な形を取ってしまったのではないか、と推測されるのであります」

『すると、あの通りを破壊すれば、犯行は熄《や》むとお考えですか?』

「検討に値《あたい》する一案だとは思います。ですが、一〇〇パーセントの保証はいたしかねます。私の経験上、生来の願望を叶《かな》えてしまった変質者は、周囲の環境如何《いかん》によらず、行為を続行するとも考えられているからであります。また、そのような現実は〈区外〉にも世界的規模で生じております」

『一日も早く、あの〈通り〉の破壊をお願いしたいのですが』

「〈区民〉のみなさんのご希望には、警察としても極力添《そ》いたいと念じておりますが、ここでは確約いたしかねます」

どのような通信手段を使っているのか、矢——どころか光のような質問が寄せられた。

「それは、あの区画が〈区〉の所有ではなく、個人の財産に当たるからです」

『林童《りんどう》あやめ博士でしょうか?』

「今日の放送はこの辺で」

一方的宣言が、あらゆる口を封じた。

この瞬間、モニターの前にいる視聴者——少なくとも五人の遺族たちの耳と眼は、憎悪の炎に灼《や》かれ——否《いな》、自《みずか》ら火を噴《ふ》いたに違いない。


形あるものがすべて白く見える正午近く、秋《あき》せつらはオフィスの近くにあるスナックで、朝食兼のランチを摂《と》っていた。

店のどこかにあるアンプから、「ラ・ボエーム」が流れてくる。アズナヴールだ。

昼食には少し早いが、それにしても客は少なかった。せつら以外は、カウンターにひとりきりだ。値段も察しがつかない豪華な毛皮のコートにサングラス。外ならともかく暖房が十分に行き渡った店内では、五秒で汗が噴き出てくる。コーヒーカップからは湯気が上がっていた。

「ステーキサンドとソーダ水」

はいと応じたウエイトレスは、かろうじてまともな足取りを維持して近づき、去って行った。

代わりに、コートの女がやって来た。

「よろしいかしら?」

と訊《き》いたときには、前の椅子《いす》の背を摑んでいる。

何があっても座《すわ》る気だ。

「はあ」

「ありがとう」

と腰を下ろした。ブランドものに違いない洒落《しゃれ》たサングラスの奥の瞳がせつらを映して、

「聞きしに勝《まさ》るわね」

溜息《ためいき》混じりに言った。

「今のウエイトレスもサングラスをかけてた理由がやっとわかったわ。まともに見たら、一歩も歩けやしない」

こう言う女も大した美貌《びぼう》で、しなやかな鼻梁《びりょう》と厚めの唇の落差が異様にセクシーだが、せつらに比べればただの美人のひとりに成り下がる。

「何か？」

「私――こういう者です。仕事の依頼に来ました」

女の声はもう半《なか》ば虚《うつ》ろだ。名刺をテーブルへ載《の》せるまでの動きも、ひどくゆっくりしていた。黄金製らしい名刺入れを落とし、引っ張り出した名刺もこぼし、拾おうとして、どちらもまた落とす。

名刺の表面に眼を走らせて、せつらは、

「林童あやめ――あそこ、売ります？」

女――あやめは、二〇代半ばと思しい張りのある肌を少し歪《ゆが》めた。せつらの言葉を理解しようと努めたのである。

「まだね。〈区〉のほうが買い取るとうるさいけれど、抵抗してますわ」

「〝モルグ街〟に〝切り裂きジャック〟――〈署長〉も頭を抱《かか》えている」

あやめがカウンターへ残したコーヒーと皿をウエイトレスが運んで来た。わざと叩《たた》きつけるように置いて、「失礼しました」と背を向けた。VS.女なら気も確かになるらしい。

「あなたといると、世界中の同性を敵に廻さなきゃならなくなるわ」

あやめが微笑を唇に乗せた。

「買う気だ」

とせつら。喧嘩《けんか》を買う気という意味だ。

「それが仕事のようなものですから。……人を捜《さが》し

ていただきたいのです」

「それが仕事で」

「冗談もおっしゃるのね。救われます——って、これは女全体を代表しての意見」

せつらを見つめて、

「データはここに」

と、これも眼の玉がとび出そうなケリー・バッグから、小さなプラスチック・ケースに納まったミニ・チップをテーブルに載せた。

「お宅へ伺《うかが》う前に、ここで一服しておいてよかったわ。話が早く済みます」

そこへ、ソーダ水が来た。ウエイトレスの手は震《ふる》え、グラスはテーブルと激しく打ち合った。

ウエイトレスがふらふらと去ると、

「あれが普通の反応ですわね。みんな魔法にかけられたよう」

あやめの声は、感嘆を通り越した官能の響きから出来ていた。


「私もそのひとりかしら。もっとおしゃべりがしたくて堪《たま》りません。少しよろしいかしら？」

「オフィスでは？」

「あなたと他人行儀《ぎようぎ》になりたくないんです。今は」

「今は」

と繰り返したせつらの意図はわからない。

「〝切り裂きジャック〟の件以前から、あの一角の売却申し込みは頻繁《ひんぱん》にあったのです」

と切り出した。

「正直——私のほうもずっと考えていたことでしたから。いずれ、とは思っていたのです。そしてあの事件が起こった。以来、何かが憑《つ》いていると、〈区役所〉から連日、売却要求の連絡があります」

「それでも、売らない？」

普通の人間が訊いたら嫌みったらしいだけの質問だが、せつらが口にすると誰ひとりそう取らない。世にも美しい人形か、地上の雑事には無関心な天使が放っているようなものだからだ。

「さすが、林童財閥《ざいばつ》」

これも同じだ、あやめは苦笑を浮かべた。

林童家は〈新宿〉一の不動産屋として——ではなく、事故物件の専門店として名高い。〈魔震《デビル・クエイク》〉以後、跳梁《ちょうりょう》をほしいままにする死霊悪霊妖物《しりょうあくりょうようぶつ》が取り憑き、死者、行方不明者が続出する物件を手がけるのだ。

通常、利益は少ない。〈区外〉なら。新規の転入者や購買者には、事情を説明し、通常設定より遥《はる》かに安価な値段で契約しなくてはならないからだ。

だが、〈新宿〉特有の物件には、特殊な需要があった。〈区外〉の調査要請である。

それまで、実証皆無《かいむ》だった心霊、超常現象が、二〇〇メートルの〈門《ゲート》〉を渡ったところに渦巻いている。これに無関心な学術団体は存在しなかった。

まず、政府の調査団として訪れた彼らは、そのたびに無数の犠牲者を出しながら、否、却《かえ》ってそれゆえに、独自の調査隊を組織して押し寄せた。〈魔界都市〉での研究は、正《まさ》しく魔界への最も効果的なアプローチであった。

彼らの前に立ち塞《ふさ》がったのは、〈新宿〉の自治であった。

〈魔震〉からひと月半のうちに行なわれた二度の調査の結果に戦慄《せんりつ》した政府は、新宿の自治を認める——どころか押しつける形で〈区〉に与え、〈魔震〉で死亡した前区長の後を継いだ初代〈新宿区長〉は、自治の獲得を高らかに宣言した後に、まず、〈区外〉から〈新宿区〉の遺跡への自由な侵入、調査を厳禁し、法外な、と関係者一同天を仰ぐほどの費用を要求したのである。

どう考えても、心霊、悪霊の調査申請者などこれで話から下りる。だが、従来は夢物語、たわごととしかみなされていなかったそれらが、〈新宿〉には確実に存在した。調査員たちはそれらを眼にし、耳で聞き、手で触《ふ》れた。たとえ、その多くが祟《たた》りとしかいえぬ状態で死亡したとしても。却ってそれ自体が、〈区外〉ではついに確信できなかった存在を確信、保証したのである。

　そして、死霊といえど悪霊といえど、どちらも人類最大の関心事――「死後の世界」の確認につながったのである。

〈区外〉の調査団の経済的支援を担《にな》ったのは、全世界の企業、及び財団財閥の老頭首たちであった。年老い、直面した死を凝視《ぎようし》しなければならなかった彼らは、永遠に不可知と言われ、絶対的無と考えられている世界にもたらされる実存の光明《こうみよう》を、〈新宿〉の怪異に見た。

　調査団には糸目をつけぬ潤沢《じゆんたく》な資金が提供され、それは〈新宿〉の財政を無限に支えたのである。

「林童不動産」が扱ういわく付き物件は、それゆえに多額の報酬《ほうしゆう》を林童家にもたらし、経営者の林童信一《しんいち》は、〈区外〉の調査団と結託して、「林童心霊研究開発機関」を設立した。しかるに信一は、機関設立後一週間で死亡し、莫大《ばくだい》な財産と機関は、その妻・あやめの握るところとなったのである。

　弱冠《じやつかん》二十三歳の若妻は、しかし、その経営的手腕にかんしては、辣腕《らつわん》と言われた夫を遥かに凌《しの》ぐ天才であった。

　林童不動産と研究開発機関の経営は、わずかな下降線を辿《たど》ることもなく、途切れることなく訪れる各国の調査団相手に殷賑《いんしん》を極《きわ》めた。

「売ってしまえば、社会的責任は負わずに済みます」

　と、恐るべき経営者は言った。

「ですが、それでは我が社は業務の責任が果たせません。〝ジャック〟は、あの物件――〈世紀末倫敦通り〉が喚《よ》んだと言われているからです。そして、私もそれを否定できません」

2

「だったら、なおさら〈区〉に売りとばしてしまえば？」

　せつらは重ねた。

「他にも売却先が一〇〇人単位で失踪《しっそう》したり、殺害されたりしている。あの通りだけを例外にするのはどういう理由《わけ》？」

「他の物件は正当な値段で売れました。今回は〈区〉が定価の一割で引き取りたいと言って来たのです」

「定価。一割」

　とせつらはつぶやいた。そんなものがあったのにも驚いたが、一割にもびっくりしたのである。

「公権の乱用」

「そうです」

　あやめはうなずいた。

「これは商取引です。絶対に成り立たない商取引」

「確かに」

　せつらはうなずいた。誰にも異議を唱《とな》えられそうにない迫力は、静謐《せいひつ》という名の仮面に封じ込められていた。

「夫はたびたびそれをしたけれど、私は許しません。それだけが売却不可の理由です。〝ジャック〟を見つけ出し、私と会わせてください」

「話し合うつもりかな？」

「はい」

「通じる？」

「わかりません。そのときは――」

「殺《や》る」

　そのひとことは疑問でも質問でもなかった。単なる事態への感想である。

　答えはなかった。

「お引き受けいただけませんか？」

　とあやめは訊いた。

「オッケ」

　ふざけた返事だが、この若者が口にすると誰も不快に思わない。

「ありがとうございます。それで御礼ですが――」

「後で連絡します」

「私の一存で、特別ボーナスをつけさせていただきます」

「はあ？」

「失礼ですが、ここへ来る前に、お店とご自宅を拝見させていただきました。ご先代からのものでしょうか？」

「何か？」

「私の見たところ、相当に傷《いた》んでおります。建て直す——とは申しません。新しい土地と上物《うわもの》を進呈させてくださいませ」

「…………」

せつらの沈黙をどう取ったか、あやめはあわてたふうに手をふった。

「うちは、事故物件ばかり手がけているわけじゃありません。いつかお目にかかる特別なお客さまのために、〈新宿〉一の優良物件を幾《いく》つか用意してございます」

「どーも」

と言ったきり、謝辞も辞退もない。案外、内心驚《え》いているか、ほくそ笑んでいるのかもしれない。

そこへ、ステーキサンドが来た。

分厚《ぶあつ》いライ麦パンと牛肉を頬張《ほおば》るせつらへ、

「合わないですわねえ」

とあやめは小さく首をふった。

「何か？」

「ソーダ水はいいけれど、せいぜいが野菜か玉子サンド、ひょっとしたら、何も食べない——そんなイメージですけれど」

せつらは、もうひとつ残った分を指さした。

「食べます？」

「いただきます」

あやめは遠慮もせずに手に取った。

三十数分前までは、凍《こお》りついた吐息《といき》の塊《かたまり》が、あちこちで眼についたのだが、今はもう絶えてない。

警官さえもいないのだ。

五人の女子大生の血が石畳の道を染めた〈世紀末倫敦通り〉であった。

店は開いている。

「BAR EAST END」

と、古風な石造りの外観とは似合わぬネオン看板が木扉《もくひ》を照らし、窓からは笑い声とBGMを包んだ光が流れて来る。

午前一時――三つの影が現われた。

二人の男子と女子大生である。

「もう一軒行こうよ」

と言うのを断わって、女子大生は通りを〈早稲田大学〉の方へ歩き出した。顔は赤いが、足取りはしっかりしている。

背後から人影が近づいて来た。女子大生は気づかない。さっきの学生たちとは違う。

人影は女の肩に手を触れた。

「きゃっ⁉」と小さく叫んで振り向いた顔が、

「なんだ――脅《おど》かさないでよ」

と安堵《あんど》の息を吐いた。別の同級生だったらしい。彼も飲みに行こうと誘い、娘は、家で用があるのと断わった。

若者があっさり諦《あきら》めた後で、娘の足は前より早く、さらに闇の濃い奥へと向かった。

一五〇年以上前の倫敦の下町を模した建物が並んでいる石と闇の世界の中で、娘のローヒールの足音は、それなりに高く響いた。

じき、出口だ。安堵と喜びが、アドレナリン抑制剤を服《の》んでいるとはいえ、やはり緊張の網からは逃《のが》れられずにいた胸を解放させた。

右方の建物の陰から現われたのは、二メートル近い巨漢であった。シルクハットと鼻まで覆《おお》った金糸《きんし》銀糸《ぎんし》で織られたマフラーの間の眼は――娘には見えなかったが――異様に紅《あか》かった。

あちこちのすり切れた船員用防水コートよりも、娘の眼はコートの内側に滑《すべ》り込んだ男の右手に吸いついた。

そこから引き抜かれたものは、近くのガス燈の光を青く撥《は》ね返した。

「〝ジャック〟……」

娘が凍りついたのは、そのつぶやきが唇から離れるまでだった。

大股《おおまた》で近づいて来る影に、娘は右の手の平に付着させていた〈新宿警察〉装備課開発の特殊捕獲網を投げつけたのである。

直径五センチ、厚さ五ミリの円盤は、よけようともしない男の胸もとにぶつかるや、内部に格納されていた太さ一〇〇〇分の一ミリの糸の網をその全身に巻きつけたのである。鋼《はがね》の糸は目標の背後で絡《から》み合い、投網《とあみ》のごとくその動きを封じた。娘の次の動きも停滞はなかった。右手人さし指のレーザー・リングを男の眉間《みけん》にポイントしたのである。

「動くな！」

と叫んだ。

「レーザーがあなたを狙っているわ。わかる、時代遅れの殺人鬼？」

男の返事は次の行動であった。

歩き出したのである。その動きによって、肉に食い込んだ糸を、さらに深く食い入らせながら。

娘の眼には見えなかったが、男の全身に黒い染《し》みが広がった——血であった。

五メートルの距離で、娘はレーザーを照射した。眉間を外したのは、逮捕を考慮したからだ。六〇〇〇度の超高熱が鳩尾《みぞおち》を貫《つらぬ》いても、男は止まらなかった。

新たな恐怖に立ちすくんだ娘の前で、男は大刃のナイフをふり上げた。肩から二の腕から手首から、黒い血が路上にしたたり、跳《は》ねを散らした。

どぉん、という響きが男をのけぞらせた。コートの背にめりこんだ散弾は九粒あった。

男がふり向いた。ショットガンのパワーなど感じさせないしなやかな動きであった。

娘には眼もくれず、背後の制服姿へと向かう。

腹に響く重い轟《とどろ》きが連続した。

空中の無音ヘリから舞い下りた警官たちは、背中の簡易ジェットパックを外しもせずに、武器の引金《ひきがね》を引き続けた。シルクハット姿が、人間ではないと判断したのである。

被弾するたびに男は動きを止めた。布地が肉が黒《こっ》血《けつ》が舞い踊る。

両腰にモーターガンを保持した警官が前へ出た。六本の銃身が回転しつつ、毎分三〇〇〇発の速度で九ミリ弾を叩き込んでいく。給弾ベルトを含めて五〇キロ超の重量を支えるのは背に装着した人工骨格であった。

男は倒れなかった。彼を襲ったのは崩壊であった。顔も肩も胸も腹も手も足も小刻《こきざ》みに吹っとんだ。石壁には血と肉片がこびりつき、おこぼれに与《あずか》った何人もの警官が、小さな罵《のの》し声を上げた。

五秒後、弾丸は空気を貫通し、道の奥へと消えた。

モーターが停止し、硝煙《しょうえん》を噴き上げる銃身が回転を止めたとき、〝ジャック〟の姿は地上から失われていた。

「レーザービームも効かないから、どうなるかと思ったわ」

娘――女性警官が片手で額《ひたい》の汗を拭《ぬぐ》った。

警官のひとりが男の立ち位置から右斜《なな》めの路上に近づき、何かを拾い上げた。

ナイフであった。摑んだ右手が、肘《ひじ》までついてきた。

警官は手首を摑んで持ち上げた。腕の切り口から、血まみれの腱《けん》がひとすじついてきた。

「ん？」

警官は赤い線の先を見下ろした。四散《しさん》した関節のひとつからつながっている。

「――何だ、こりゃ？」

警官の眼には、肉塊《にくかい》が肥大していくみたいに映ったのである。

「――まさか⁉」

その手の中で摑んだ品が蠢《うごめ》いた。

ガス燈の妖《あや》しい光が閃《ひらめ》き、血染めの街路に新たな血がとび散った。

ナイフを摑んだ拳《こぶし》は、警官の手から離れてその喉を真一文字に搔《か》き切ったのである。骨も肉もない。ただひとすじの腱に支えられて。

警官たちの眼が血しぶきをまとって倒れた同僚よりも、空中のナイフに集中した。

それを支えているのは、もはや腱だけではなかった。夜目にも白いのは骨だ。前腕骨だ。尺骨《しゃっこつ》だ。その上に赤いものが泥みたいに付着していく。肉だ。

誰も射《う》たなかった。警官たちはただ見つめていた。何が起きつつあるのかはわかっていた。その後どうなるかも。それでも眼は離せなかった。

今や腕は正常な形を取り戻していた。それが付く肩も胴も形を整えつつあった。いや、見よ、頭骨《とうこつ》が整い、脊椎《せきつい》と肋骨《ろっこつ》が、そして、その内部に妖しく蠢く、この街の警官ならば見慣れた内臓が。路上に壁面にとび散ったそれらが、いま自ら移動し、復活させつつある！

〝切り裂きジャック〟を⁉

ああ、衣裳《いしょう》さえも。

彼は足下《あしもと》に落ちたシルクハットを、手袋をつけた手で拾い上げて被《かぶ》った。吹きつける冷風に、マフラーが絢爛《けんらん》とゆれた。

今や、崩壊は再生に変わった。

ふたたび、そのナイフが警官たちを切り裂くべく躍《おど》る。

一〇〇メートルほど向こうの、普通のマンションのベランダで、光点がまたたいた。

〝ジャック〟の左胸に直径五センチほどの穴があいた。

「これが、そのときの心臓です」

〈新宿警察〉署長・森田建一《もりたけんいち》は、テーブルに置いた持参品のカバーを手づから剝《は》がし、高さ五〇センチ、縦横三〇センチほどのガラス容器を照明にさらした。

満たされた透明の液体の中で不気味《ぶきみ》な、しかし、その役目たる鼓動《こどう》を続けているのは、人間の心臓であった。ちぎれた動脈と静脈が一〇センチくらいずつ付着し、動きとともに揺れているのは、独立した生物のように思われた。いや、これは明らかに、自らの意思で生命を保ち続ける生命体であった。

「狙撃手が、近くのマンションのベランダから二〇ミリブローニング重機関砲で射ち抜いたものです。弾丸《たま》は、炸裂弾《エクスプローディング・ブリット》でした」

署長の言葉通り、心臓の中央部には向こうが透《す》けて見える大穴が開いていた。

「本来なら、上半身もろとも吹きとぶはず。しかし、これは射ち抜かれたのみか、体内より噴出し、“ジャック”は、これを残して、警官隊を蹴散《けち》らしながら姿を消しました」

テーブルをはさんで署長の向かいにかけた相手は、容器の中身に視線を注いだまま、

「追尾《ついび》しなかったのかね?」

と訊いた。

「〈世紀末通り〉を抜けた地点で消滅してしまったのです」

署長は沈痛な面持《おもも》ちで告げた。これで来期署長の座を保持するのは不可能になった。

「しかし、これは残った」

と相手は言った。

「失礼ですが」

と署長の背後に控えていた私服の警官が口をはさんだ。署長専用のボディガードである。二人いる。

「カバーを取ってから、何やら鼓動数が増えたような気がいたします」

その通りだ、と署長は内心うなずいた。

——我々の心臓も、さっきから高鳴りっ放しだ
「しかも形を留《とど》めてです。〝ジャック〟の生命力の秘密は、これだと思ってよろしいでしょうか？」

署長の問いに相手は、

「間違いない」

と請《う》け合った。

「恐らく、〝ジャック〟はこれを求めてやって来るだろう。私がお預かりします」

とドクター・メフィストは言った。

3

「それは——有難《ありがた》い！」

署長は眼をかがやかせた。

「ドクター・メフィストの掌中《しょうちゅう》にあれば、世界のいかなる保管場所より安全です。しかし——〝ジャック〟はやって来るでしょうか？」

「間違いなく」

「その折りは？」

「そちらのご希望は？——抹殺《まっさつ》かね？」

署長はうなずいた。

「いかなる魔人、悪霊であろうとも、我々にとっては駆除すべき犯罪者に他なりません。今回は確かに前代未聞といってもいい不死身の怪物ですが、ドクターのお力添えさえあれば」

「署長」

とガード役のもうひとりが声をかけた。

「この件はあくまでも、我々の手で対処すべきものと考えます。いかにこれまでの協力があるからと、万全の努力もせずにドクター・メフィストのお手をわずらわせては」

ちら、と若い警官を見て、

「ほお」

とメフィストは洩《も》らした。

「〈新宿警察〉にこれほどの硬骨漢《こうこつかん》がいるとは思わなかった」

警官はむっとしたふうに、

「ドクター、失礼ですが――」

「よさんか、溝口《みぞぐち》」

と署長がたしなめた。

「これはドクター・メフィストからの申し入れだ。すでに〝ジャック〟を捕える手段も考えておられる」

「それは会ってから考えよう」

とメフィストはにべもなく言って、容器の中のものを見つめた。

「また早くなった」

と最初の警官が呻《うめ》くように言った。

「――心臓にもわかるのでしょうか、化物の心臓にも、自分の未来が……」

奇妙な雰囲気が生まれつつあった。それが広がる前に、

「ドクターは、〝ジャック〟の正体を何だとお考えでしょうか？」

「医師として――不確実なことは申し上げられません」

やはり、と三人組が力を抜いたところへ、

「――が」

三人はとび上がりかけた。

「少なくとも巷間《こうかん》伝わるような異次元の存在でも、過去からの時間旅行者《タイム・トラベラー》でもありますまい。かといって、現実の人間――人型の生命体とも異なる。不死性を持った殺人鬼。問題はその不死性をどうやって得たか、です」

「仰《おお》せのとおりですな」

署長は眼を閉じた。不死性を有する殺人鬼となれば、ある意味、犯行を食い止めることは不可能に近いからだ。

胸にある問いが浮かび、あわてて四散させたが、問いは揺曳《ようえい》を続けた。

――どうすれば、ドクター・メフィストを斃《たお》せるか？

「それもいずれ答えを見つけましょう」

とメフィストは言って、立ち上がった。

「これから大きな手術を控えております。これで」


署長たちが出て行くのを見送ってから、メフィストは応接室の奥のドアに声をかけた。

「入りたまえ」

長身のコート姿が入って来た。

「聞いたとおりだ。君の心臓はここにある」

相手はシルクハットの縁《ふち》に手をかけて一礼した。

〝ジャック〟よ、ここが何処《どこ》かわかっているのか？

「だが、君の要望を今すぐ叶えるわけにはいかん。欠陥臓器を、患者の体内に戻すわけにもいかんのでな。それに、切り離されても双方が生を送っていられる君たちの関係も調べさせてもらいたい」

「ご随意《ずいい》に」

〝ジャック〟は答えた。流暢《りゅうちょう》な日本語であった。

若い声である。その顔も、鼻から下は無精髭《ぶしょうひげ》に覆《おお》われているが、眼鼻立ちの整った美貌を若さが守っている。先夜、モーターガンの猛打で四散した肉体のイメージなど何処にもなかった。

「ドクターの望みが叶うのは、いつですかな。そして、返還の期日は？」

「まだわからん」

メフィストは冷厳《れいげん》に告げた。

「その間、君には当院に留まってもらう」

「ありがたいことです。私も今はしゃべることさえ辛《つら》い」

「医学的に見ればただのポンプにしかすぎんが――厄介《やっかい》な品だ」

「全くですな。かつてはこのような事態は一度も起こりませんでした」

「やはり、一八八八年冬の倫敦を震撼《しんかん》させたのは君か」

「だと思います」

「隠してもはじまらん」

「記憶にないのです。一九世紀も倫敦も」

「すると」

「ナイフを使ったこと、人を殺害したのは覚えています。しかし、いつ、何処で、誰を、となると皆目《かいもく》」

「いずれ調べるとしよう。今は休んでいたまえ。狂った血が騒ぎ出しても安全な場所で」

「承知しました」

〝ジャック〟は背を向けた。人の姿はない。いつもは患者と家族らでごった返す待合室に、人っ子ひとりの姿も見えないのは不思議を通り越して不気味であった。

　メフィストは容器内で蠢く器官へ眼をやり、

「不死の謎を解くには時間がかかりそうだ。それまで、彼が待っていてくれるといいが」

　玲瓏《れいろう》たる美貌を代表する黒瞳《こくどう》の中に、誰にも見えぬ——それも天与《てんよ》の美貌が妖しいかがやきを放っていた。


　秋せつらが、白い院長の下《もと》へ、黒いコートを閃かせつつ訪れたのは、その日の午後であった。

　青い光の満ちる院長室で、迎えたメフィストにせつらは開口一番、

「〝ジャック〟が来たな」

と言った。

　問いではない。念押しだ。

「何故《なぜ》、そう思うね？」

「奴は現場に心臓を残した。署長が届けに来たはずだ」

「誰に訊いたね？」

と尋《たず》ねたものの、メフィストも答えはわかっている。

　せつらの場合、目的地へ行って、訊きたいことを口にすればいい。後は忘我《ぼうが》の状態に陥《おちい》った相手が、訊いていないことまでしゃべってくれる。暴力団の事務所だろうが、警察だろうが同じことだ。

「確かに心臓は預かっているが、〝ジャック〟とやらは知らんな」

「おとぼけ」

「帰ってくれたまえ」

「怪しい」

メフィストは立ち上がった。

「〈世紀末〉の通り――つぶされるらしいな」

とせつらが言った。嘘《うそ》っぱちである。

「嘘っぱちだな」

とメフィストは意に介したふうもない。

「じき、ニュースの時間だ。〈新宿TV〉を信じよう――んじゃ」

せつらが去ってから、メフィストはニュースの時間を迎えた。

お馴染《なじ》みのアナウンサーが、ニュースです、と告げてから、

「〈区役所〉の道路交通課は、本日、五人の女子大生が殺害された〈早稲田〉の通称〈世紀末倫敦通り〉を取り壊すと発表いたしました。では、発表記者会見の模様をご覧ください」

画面が変わると梶原《かじわら》〈区長〉が出現し、複数名の信用がおける霊能者に霊視してもらったところ、強力な悪霊が取り憑いているとのことで、本日、〈区役所〉の緊急会議において、取り壊しを決定した、工事開始日は追って知らせる――こう告げた。

「余計なことを」

すかさずインターフォンのスイッチを入れ、

「こちら院長だ。特別隔離病棟418へ――」

ここまで口にしたとき、〈保安課〉から連絡が入った。

「特別病棟418から、患者が消滅いたしました」

インターフォンから指を離し、

「〈区長〉をすげ替えるしかないな」

とメフィストはごちた。

梶原〈区長〉は午後六時きっかりに、公用車で

〈区役所〉を出た。

車は〈新宿通り〉を〈四谷《よつや》〉方面へと進み、〈四《よ》ツ谷《や》駅〉前で左に折れた。

すぐに荒涼《こうりょう》たる風景が車を取り囲んだ。廃墟《はいきょ》である。〈安全地帯《セフティ・ゾーン》〉内だが、別の場所から妖物が棲《す》みついたりするので油断はできない。

案《あん》の定《じょう》、五〇メートルと行かないうちに、

「頭上に飛行物体あり。ドローンと思われます」

と運転手が硬い声で言った。

前方の路上に火球がふくれ上がった。

「止めるな」

梶原が命じるより早く、廃墟からとび出して来た人影が四方を取り囲んだ。全部で一〇人。眼出し帽を被っているが、若者ばかりだ。〈歌舞伎町《かぶきちょう》〉あたりで仕入れたらしい、つなぎ合わせのＳＭＧを構えている。一弾倉《ワンマガジン》以上は限りなく暴発率が高くなるが、一〇人で三〇発ずつ——三〇〇発もいけるとなると話は別だ。〈区〉の公用車は全車防弾仕様だが、ＳＭＧの銃口部に、ずんぐりした榴弾《りゅうだん》を取りつけている奴がいるのを見て、梶原はあきらめた。

窓を開けず、マイクを通して、

「金か？」

と単刀直入《たんとうちょくにゅう》に訊いた。

「——それと車だ。色々と使い途《みち》がありそうだぜ。しかし、公用車でこんなところを通るとは、おめえらイカれてるんじゃねえのか？」

「その通り」

「ふざけるな！　とっとと出ろ」

リーダーらしい男がＳＭＧをふり廻した。

「どうします？　妨害キャンセル波長で、警察へは連絡してありますが」

梶原は咎《とが》めるような眼差《まなざ》しを運転手に当て、

「やむを得ん。出るか」

と前部シートを叩いた。

運転手が悲鳴を上げた。

フロント・ガラスに血しぶきが羽を広げたのだ。

「誰だ、てめえは⁉」

「何しやがる⁉」

とスピーカーが叫んだ。

窓外《そうがい》で人影が入り乱れた。

「殺ってしまえ」

消音器《マフラー》付きの銃口からつぶれた銃声が連続し、火線が一点に集中した。シルクハットとコート姿の影に。

影の右手が動いた。

ガラスに血がとび、チンチンと鳴った。ＳＭＧの空薬莢《エンプティ・ケース》が当たる響きだ。

「逃げろ！」

悲鳴に近い声が絶叫した。慣れているのか、退《ひ》き際《ぎわ》は鮮《あざ》やかだった。まばたきひとつの間に、全員が逃亡してしまった。

シルクハット姿が近づいて来た。

後部座席の外で足を止めた。

「君は――」


梶原が口にした刹那《せつな》、左側のドアと車体の間からナイフの刃《は》が突き出た。それが上下に動くや、留め金を切断されたドアは一気に引き倒されていた。

黒い革《かわ》手袋の手が梶原の胸《むな》ぐらを摑んで外へ引き出した。

「出るな」

と運転手に叫んだところは、さすが〈区長〉だ。

首すじにナイフが当てられた。血にまみれている。

「待ちなさい」

と梶原は叫んだ。

「君は〝ジャック〟か？〈通り〉の取り壊しなら――」

敵は問答無用であった。

刃《やいば》は梶原の口に潜《もぐ》り込み、一気に引かれた。

「ひィ⁉」

梶原の悲鳴は短かった。

彼は閉じた眼を開いて、首すじに手を当てた。痛むが無事だ。

切らなかったわけではない。確かに刃は猛烈な力で引かれたのだ。急に切れ味が喪失《そうしつ》したとしか思えなかった。

〝ジャック〟がナイフを引き寄せて見つめ、梶原を離した。

ひい、とぶっ倒れるのを見もせず、切尖《きっさき》に指を触れて、つけ根まで下ろした。

「見えない？」

背後の声に、〝ジャック〟は愕然《がくぜん》とふり返った。そして、立ちすくんだ。同じ黒コートの若者の美貌に、恍惚《こうこつ》となって、

「僕も尾《つ》けてた――ご苦労さん」

と言ったのは、すべてを呑《の》み込んで、ひと芝居《しばい》打つのを承諾した梶原への労《ねぎら》いか。まんまと引っかかった〝ジャック〟への憐憫《れんびん》の表現か。

ナイフに重さもないチタンの糸を巻きつけて、不可視の刃止めを作った男。

秋せつらであった。

第二章　犠牲者たちの陽暗

1

「やっぱり、あの通りなしではこの世界に出て来られない、か」

せつらは茫洋《ぼうよう》と言った。真相を突く――という響きも思いもない。

「何故《なぜ》いま現われた？　君は〝切り裂きジャック〟なのか？」

男が右手を上げた。

風を切ってふり下ろす。

せつらの眼に鋭い光が宿った。ナイフに巻きつけた妖糸《ようし》が切断されたのを感じたのだ。

男が無雑作《むぞうさ》に前へ出た。自信満々の足取りであった。

せつらは茫《ぼうっ》と立っている。生と死の間にいる危機感とも緊張とも無縁な美しさだけが。

その喉元《のどもと》へ刃《やいば》が一閃《いっせん》した。

音もなく後方へ跳《と》んだ美影身《びえいしん》へ、男はもう一度ナイフをふるった。空《くう》を切るしかない。しかし――せつらのコートの胸《むな》もとは大きく斜《なな》めに裂けた。見えない刃が追って来たのである。

もう一度跳躍《ちょうやく》しつつ、せつらは妖糸を放った。

一〇〇〇分の一ミクロンのチタン鋼の刃は、これも誰の眼にも留《と》まることなく、〝ジャック〟の首を断《た》つはずであった。

ナイフが躍《おど》った。

糸は断たれた。

〝ジャック〟がナイフをふり上げ、せつらに武器はなかった。

黒い塊《かたまり》がしなやかに宙を跳んで襲いかかって来たのに、〝ジャック〟は気づかなかった。

彼にぶつかり、その場へ押し倒したのは三メートル近い大型獣であった。喉笛へ、顔面へ、腹部へと牙《きば》を剝《む》く頭は三つあった。〈新宿〉の妖獣の中でも凶暴さでは一、二を争う、〈三つ首獣〉であった。

廃墟《はいきょ》に潜《ひそ》んでいたのではなく、先刻の強盗団が持ち込み、放置して逃亡したものにせつらが気づき、〝ジャック〟に向かわせたと見える。真ん中の首が血を流しているのがその証拠だ。見えざる糸で傷を負わされた野獣は、その怒りを最も身近の人間に向けたのだ。

肉の裂ける音をたてて、三つの首は地上の犠牲者から何かを食い切った。

苦鳴《くめい》が上がり、次の瞬間、別の音が噴《ふ》き上がった。

〝ジャック〟がナイフをふるったのだ。

三つの首は顔の一部を咥《くわ》えたまま、呆気《あっけ》なく路上に転がった。

リムジンの向こう側に着地したせつらが、

「へえ」

と唸《うな》ったほどの神速《しんそく》の技であった。

三つの切り口から黒血《こっけつ》を噴出させる胴体を蹴《け》り放して、〝ジャック〟は立ち上がった。

右手にはナイフが光る。しかし、せつらの武器は？

リムジンがやって来た方角から、パトカーのサイレンが近づいて来た。運転手が送った緊急信号を傍《ぼう》受《じゅ》したものだろう。

運転席の窓ガラスを叩《たた》いて、

「GO」

とせつらは命じた。言われるも愚《おろ》か、エンジンをスタートさせた運転手へ、よせ、と梶原が止めた。

「ちょっとぉ」

と見咎《みとが》めるせつらへ、

「面白そうだ。見届けるぞ」

せつらは溜息《ためいき》をひとつついて、〝ジャック〟の方を見た。

パトカーは三台いた。反対側——リムジンの進行方向からも二台が駆けつけた。武器を手にした制服警官が路上に散らばる。

「ナイフを捨てろ！」

拡声器が喚《わめ》いた。

「そうそう」

とせつらがうなずく。

よくもそんな悠長《ゆうちょう》な真似《まね》が、と見たものは考えるに違いない、〝ジャック〟の惨状であった。

左の頬《ほお》から顎《あご》にかけてはきれいに食い切られて、上顎の歯列《しれつ》が覗《のぞ》いている。噛《か》みちぎられた喉の赤い傷口からは、呼吸のたびにシュウシュウと音が漏《も》れ、鳩尾《みぞおち》はぱっくりと食い取られて、中身をさらけ出している。

車の中で、

「〈新宿〉向きかもしれんな」

と梶原が唸った。

リムジンの横を警官たちが前進した。包囲は狭《せば》まりつつあった。

「三つ数えるうちにナイフを捨てろ。捨てなければ射《う》つ」

「さてさて」

とせつらが髪の毛を撫《な》でつけた。

突然、〝ジャック〟が身を屈《かが》めた。垂直に片膝《かたひざ》をついたのである。同じタイミングで右手をふり下ろした。

ナイフはアスファルトにめり込んだ。それを右に五〇センチほど引いてから、〝ジャック〟は立ち上がった。

誰も動かない。次に何が起きるのか待ったのである。どう考えても何かが起こる状況ではなかった。

〝ジャック〟が片足を上げた。まだわからない。踏みつけた。自分と前方の警官たちとを区切る斬線《ざんせん》の向こう側を。それでもわからない。ぴしっと線が左右に伸びた。まだまだわからない。

理解したのは、警官たちとパトカーが、いきなり後方へ沈んだ瞬間だった。

道路に異常があったわけではあるまい。だが、道は船尾《せんび》から沈む船のように斬線から持ち上がり、人も車もその裂け目へと呑《の》み込んでしまった。

「まさか」

とせつらが首を傾《かし》げ、リムジン内の梶原は、

「息を呑む」

とつぶやいた。

「こっちへ来るぞ！」

後方の警官が叫んだ。

銃火と銃声とレーザーの光が闇を裂く。

全身に被弾《ひだん》しながら、〝ジャック〟は梶原のリムジンに近づき、その天井からナイフを突き刺した。

リムジンの前後ドアが道路側に倒れ込んだ。せつらの妖糸の技である。

「逃げろ！」

と運転手に命じて、梶原はせつらを睨《にら》みつけた。

「わしのことは放っておけ。何もする――」

な、と言いたかったのだろうが、それは短い悲鳴に変えられた。

車体が凄《すさ》まじい勢いで持ち上がるや、ごおと後方へ投擲《とうてき》されたのである。

回転しながらパトカーと警官隊のど真ん中へ叩きつけられた車体から、梶原がとび出し、見えない糸の力でせつらのかたわらへ着地する。

大混乱の現場へ、〝ジャック〟が突入し、すぐに見えなくなった。

当分は続きそうな苦鳴と怒号《どごう》と叫びの中で、

「心臓がないくせに」

とせつらが茫洋とつぶやき、

「何を食ってるんだ？」

と梶原が結んだ。


水名間《みなま》ちどりは、〈神楽坂《かぐらざか》〉の横丁へ入る入口で、ふと足を止めた。

左右には小規模なバーや呑み屋がネオンをまだきらめかせている一角の奥で、人影と罵《のの》り声が手を結んでいる。BGMは打撃音だ。蹴り音だと判断した刹那《せつな》、ちどりはオーバーの袖口《そでぐち》を両方ともたくし上げつつ、狭《せま》い道へと入った。

横丁の奥は小さな稲荷《いなり》があって、鳥居《とりい》もそびえている。店がまだやっている時間から、何度も暴行や傷害事件が起きているので有名な場所だ。

人影は四つ——どれもダウンやピーコートをまとっている。デザインや色使いからして若者だ。

「何とか言えよ、おっさん」

はっきりと聞こえた。

「とぼけてんじゃねえよ」

別の声。どちらもゴロツキと変わらぬ若い声だ。

「ぶつかって来たのはそっちだぜ。挨拶《あいさつ》ぐらいして行けや」

鈍《にぶ》くて重い音。蹴りだ。

若者たちの間に横たわるコート姿が覗いた。

「ほらあ、何とか言えよお」

若者たちの言葉に含まれていた違和感が、これではっきりした。面白半分だ。金が目的でも、単なる暴力衝動の解放でもない。弱い者を虐《いじ》めたいだけなのだ。

続けて二度、蹴り音が上がったとき、ちどりは声をかけた。

「ちょっと、あなたたち」

一瞬、びくりと震《ふる》えたが、それからの反応はゆっくりしていた。声で女と知ったのだ。

全員がふり向いた。不気味《ぶきみ》な眼つきだった。今の彼らは人ではないのだ。

「なんだい、小母《おば》さん？　こっちは行き止まりだぜ」

「早いとこ帰んな。お楽しみの邪魔《じゃま》すんじゃねえよ」

「そうもいかないのよ」

ちどりはかまわず歩を進めた。

「糞女《くそあま》があ」

手近のひとりが摑《つか》みかかって来た。ちどりの襟元《えりもと》へ右手をのばす。

「え？」

驚き——というより訝《いぶか》しげな声がその唇を割っ

た。いつの間にか、右手の指が親指を残して消えていた。

ぎょっとこちらへその手を向けたとき、滑《なめ》らかこの上ない切り口から、黒血が噴出して、顔面に当たった。

「ゆ、指が……切られた！」

残り三人が若者に群《むら》がった。仲間の手を見て、凄まじい表情がちどりをふり向いた。

「てめえ——何しやがった？」

ひとりが歯を剝いた。鋼《はがね》のかがやきを放った。石でも嚙み砕《くだ》く義歯であった。それを支える顎まで改造を施《ほどこ》してあるに違いない。

「早くお家《うち》に帰りなさい」

若者たちは素早く前屈みになった。それぞれの右手がスプリングの外れる音を立てた。とび出しナイフの刃が上がったのだ。

「てめえも刻《きざ》んでやらあ。〝ジャック〟がしたみてえにな」

「あら、よくあたしの名を知ってたわね」

ちどりの口調は全員の背すじを凍らせた。ジョークだが、それとわかる状況ではなかった。

「ふざけんな！」

ひとりがナイフを左右に振りながら近づいて来た。残りは左右に廻《まわ》り込む。最後のひとりは、指が指がとやっている。

ちどりは一歩前へ出て、若者の右手首の腱《けん》を切った。痛みはさしてないが、五指は動かなくなる。ナイフが落ちた。

「え？」

と驚くのを無視して、落ちたナイフをすくい上げざま、右方の若者の足下《あしもと》へ投げた。

三人目は急速に戦意を失いつつあった。女の皮を着た妖物《ようぶつ》を見る思いだった。

その喉元に冷たいものが押し当てられた。

「仲間を連れて行きなよ。あたしはね、プロのナイフ使いなのさ」

若者は、はいと答えた。

これも戦意を喪失《そうしつ》した三人を押しやるようにして、入口の方へと消えた。バーへ入りかけた客が立ちすくんだが、それだけだ。ナイフの闘争に気づいた者はない。若者たちは悲鳴ひとつ上げられなかったのだ。

「餓鬼《がき》が」

吐き捨てると、ちどりは倒れた人影に走り寄り、腰の近くに身を屈めた。

長身の外国人だ。若者たちほどではないが若い。三〇になるかならないかだろう。

両手で胸をカバーしているが、不思議と傷を負ったふうには見えなかった。彼も〈新宿〉の住人なのか。

「大丈夫?」

声をかけてみた。気づいて、

「日本語わかる?」

うなずいたようだ。このときはじめて、おかしな格好、と思った。ごつい防水コートだなんて、似合ってない組み合わせだ。

「大丈夫? 歩けます?」

「……ああ」

男は片手を地面について体を動かし、何とか起き上がった。キツそうだが、負傷はなく、疲れのせいに思えた。この国の言葉がしゃべれるのがわかる。

「礼を言う。もう行ってくれ」

「本当に大丈夫? 気をつけてね」

ちどりはそれ以上追わなかった。この男を包む異物感を痛いほど感じていた。それは凄まじい孤独につながるものであった。

男は近くに落ちていた帽子を拾って、数歩歩いた。意外と確かな足取りに見えた。稲荷の敷地を出たところで前のめりに倒れた。

ちどりは駆け寄って、

「病院へ行こう」

と声をかけた。

「いや、連れて行くなら、別の場所へ頼む」

「当てがあるの？　——何処《どこ》？」

「〈早稲田〉の——〈世紀末倫敦通り〉だ」

ちどりの胸が、どんと鳴った。

外国人——手にした帽子は——シルクハットではないか。

「あなた……ひょっとして……？」

「起こしてくれ。ひとりで行く」

低い声に、

「駄目《だめ》よ、付き合ってあげる」

と応じた理由は、自分でもわからなかった。シルクハットを脱がした理由もだ。肩を貸して何とか起こした。

通りへ出るまでは、前代未聞の歩きにくさだった。

出た途端に空車が通りかかったとき、生まれてはじめて、ちどりは神に感謝した。

2

〈神楽坂〉の料亭「福味《ふくみ》」は、〈新宿〉の裏の名士たちが集まるので有名な店であった。その晩も、〈河田町《かわだちよう》〉の暴力団「三途会《さんずかい》」の会長・権藤草平《ごんどうそうへい》が、五人のボディガードともども乗り込んで来た。

座敷に通されると、権藤は玄関から付き添って来た女将《おかみ》に、

「来とるな」

と念を押した。女将は相好《そうごう》を崩《くず》して、

「そりゃあもう。権藤会長のお声がかりじゃ、誰だって参上いたしますとも」

「ふむ。だが、あの女——技倆《うで》も凄《すご》いが肝《きも》っ玉《たま》も相当に太いからな」

床の間を背に胡坐《あぐら》をかいた権藤の顔は怒りとそれを抑《おさ》えようとする努力に引き歪《ゆが》んだ。

女将は眼を逸《そ》らして、

「会長――過ぎたことはお忘れになって」

「わかってる。始めてもらおうか」

「はいはい」

女将が去って二分もしないうちに、和服姿の女たちが豪勢な料理を運び込んで来た。

五〇畳もある座敷の客は権藤だけである。ボディガードたちは隣の間に控えていた。

奥は襖《ふすま》が塞《ふさ》いでいる。

それが開いた。

この料亭の裏の姿を知らなければ、眼を剝く光景が出現した。

倉庫の内部かと思われる広大な空間は、「福味」が客のために用意した秘密の戦闘スペースであった。

コンクリ地の床も天井も壁も、手入れは行き届いているが、どこか陰惨《いんさん》な空気が漂《ただよ》い、決して人間の鼻では感知できないある臭いを連想させた。血《けつ》臭《しゅう》を。


よおよお、と声をかけながら、権藤は拍手を送った。襖のすぐ向こうに、Tシャツとジーンズ姿の娘が立って、権藤へ一礼した。両手首に幅広の黒革《くろかわ》ベルトが巻きついている。

ちどりであった。

二日前、近くの横丁でシルクハットの男を救ったときの精悍《せいかん》さは、さらに磨きをかけられ、ちどり自身を凶器のように見せていた。

ひとことの挨拶もなく、ちどりは背を向けて奥へと進んだ。

一〇メートルで右を向く。妖光《ようこう》を帯びた眼の先に、鉄扉《てつび》がそびえていた。位置からすると、権藤がやって来た廊下に面しているが、そのときは襖の列ばかりが続いていたはずだ。

強いきしみ音をたててドアは開かれ、黒シャツにタイツ姿の男たちが現われ、横一列に並んだ。権藤のボディガードたちである。四人だ。ひとり足りない。互いに会釈《えしゃく》ひとつなく、ひとりと四人は相対した。

　男たちは腰のベルトに三本ずつ大刃ナイフを差していた。

　両手にそれを抜いて身構える姿は、単なる暴力団員を超えた遣《つか》い手であった。

　権藤が身を乗り出す。

「行け」

　小さく、しかし、全力でひ、と、こ、と、を押し出した。

　それから起こったことを、彼はよく覚えていない。

　手足の腱を切られたらしく、床の上にへたり込み、ひっくり返った男たちの右手と両足は血の池に浸《つ》けられたように見えた。

「みっともねえカッコさらしやがって。――とっとと出て行け！」

　権藤の怒号を浴びた室内へ、白衣の男女が侵入し、ナイフ遣いたちはたちまち運び去られた。医者と看護師も待機させてあったらしい。権藤はまた拍手を送った。

「これで都合八人やられた。どいつも再起不能となると、こりゃ大損害だぞ」

　両手のコンバット・ナイフをひとふりして、こびりついた血糊《ちのり》を散らし、鞘《さや》に収めてから、ちどりはロング・ブーツを脱いで、こちらへやって来た。その背後で襖がひとりでに閉じる。

「お眼汚しでした」

「女ナイフ芸人――芸人という言葉に騙《だま》されちゃいかんな。大したナイフ遣いのプロだ」

　芸妓《げいこ》が猪口《ちょこ》を勧めたが、ちどりは片手を上げて辞退した。権藤へ酌《しゃく》をする気もなさそうだ。

　大きな眼をかがやかせて、

「前の四人のことなら、みな辞職したぞ。ひどく怨《うら》んでいた。悪霊《あくりょう》はああいう状況がいちばん憑《つ》き易《やす》いそうだ。気をつけろ」

「今の四人は、〈メフィスト病院〉へ？」

「いいや、四人がかりで女ひとり斃《たお》せんどころか再起不能の手傷を負わされるような連中は、放り出されて当然だ」

「お好きなように」

ちどりは無表情に、空いた猪口にようやく清酒を注いだ。

銚子《ちょうし》を引こうとした手首を、権藤が握った。

「痛いわ。会長さん」

ちどりはあえて引こうとしない。黙《だま》って権藤の眼を見つめた。

権藤は手を放した。苦笑いを口元に刻んだが、もう一歩で腹の中が表われそうな笑《え》みであった。

「誤解しないでくれよ。おれはあんたのナイフ術に惚《ほ》れたんだ。だから、組の者を何人やられても気にせず、ここへ喚《よ》んだのさ」

「なら――これで」

銚子を膳に戻して、ちどりは立ち上がろうとした。

「まあ、待ちな」


権藤は襖の奥の闘技場へ顎をしゃくって見せた。

襖はふたたび開いていた。新しいひとりが現われた。五人の手下の最後だ。手にナイフを握っているのは前の四人と同じだが、ずっと小柄で、凄みをまとわりつかせていた。

「うちの匕首《あいくち》教官の字戸《あざと》だ。〈区外〉から来たわりには、この街でも通用する技を持ってる。あんたの話をしたらえらくご執心《しゅうしん》でな。ぜひ、その技を見てみたいと言い出したんで、同席をさせたのさ」

「もうひとりという話は聞いておりませんが」

「そういうな。あと一本出そう」

権藤は人さし指を立てた。一〇〇万単位だ。

「お受けします」

あっさりと答えるちどりに、権藤は満面の笑みを浮かべ、芸妓たちに出て行けと、横の襖の方へ顎をしゃくった。みな従った。

「実はひとつ提案があるんだが」

「はい……」

「宇戸に勝ったら、もう五〇〇万出そう。もしも敗《ま》けたら――」

毛深い手がもう一度、ちどりの手に重なった。

「な？」

上目遣《うわめづか》いの顔は、好色さが煮えたぎっていた。

「では」

返事も与えず、ちどりは立ち上がり、奥の空間へと向かった。

ルールは最初の四人でわかっている。どちらかが戦闘不能になるまで、だ。

対峙《たいじ》した刹那、全身を悪寒《おかん》が走り抜けた。青スーツ姿を支えているのは、ナイフの技ではなくて、妖気に近いものであった。

――憑かれている
と思ったとき、向こうの左手が動いた。

ちどりは、はっきりと軌跡《きせき》が確認できた。右肩狙《ねら》いだが、このスピードのかけ方はブラフだ。横へのステップで躱《かわ》し、ちどりは待ち構えた。ナイフは反転して喉を狙って来た。同じだと判断し、ちどりは一歩下がって、右のナイフを閃《ひらめ》かせた。男の本番――真っすぐ突いて来た左のナイフは、火花を上げて左へ弾《はじ》かれた――はずが、勢いをゆるめず、ちどりの右の乳房の上を半《なか》ばまで貫《つらぬ》いた。

慣れてるといえる程度の傷である。強引に退こうと上体を捻《ひね》りかけ、ちどりは愕然《がくぜん》となった。

全身が麻痺《まひ》している。

技ではなかった。術だ。

刃はさらに潜《もぐ》り込んで来た。

右手からナイフが落ちた。

「そこまでだ」

権藤の満足そうな宣言が聞こえた。

宇戸が離れた。ちどりの方を見もせず、奥のドアへと消えた。

右胸を押さえたまま、ちどりは座敷に戻り、権藤の前に正座した。

「血止めはしたけれど、どうします？」

権藤は、寝起きのような表情で、押さえた胸もとへ眼をやった。

膳をのけて上衣《うわぎ》を脱ぎ、ネクタイをゆるめて、ちどりに抱きついた。

唇を重ねて来た。ちどりは逆《さか》らわなかった。そういう約束である。

舌が入って来た。吸い返すと、権藤は歓喜した。ちどりの唇の周《まわ》りに舌を這《は》わせながら、

「血まみれの女を抱くのは、はじめてだ。まさか、あんたになるとは、な」

「ここでするの？」

「そうともよ」

ちどりは畳の上に寝かされた。権藤は慣れた手つきで、裸に剝いた。

へへへと笑いながら、押さえるちどりの手をのけて、血まみれの傷口へ唇を押しつけ、舐《な》めはじめた。

血だらけの口を離し、傷口へ唾《つば》をひと塊垂《た》らし、両手でちどりの胸全体へ塗りつけた。

「傷だらけで泣き叫んでいる女を抱きたくて仕様がなかったんだ。今日は堪能《たんのう》させてもらうぜ」

ちどりの反対側の乳首に吸いついた。すぐ、

「感じねえようだな」

と、左手を傷口にのばした。指を一本当てて押し込んだ。

激痛が、ちどりを喘《あえ》がせた。全身に走ったものは、痛みと快感だった。

権藤はもう片方の手を、ちどりの股間へ這わせた。

おお、と唸った。

「もうびしょびしょじゃねえか。正直に鳴けよ、牝《めす》犬《いぬ》め」

広い座敷に、男の息つぎと、ちどりの喘ぎが流れた。

ちどりの脳裡《のうり》に揺曳《ようえい》する顔があった。字戸だった。

お返ししてやると思った。このあたしがナイフで敗けたなんて、絶対に言わせない。あいつのは妖術だ。

もうひとつの顔が現われた。

外国人だ。人間の感情とは無縁の、石に目鼻をつけたような顔が宙を仰《あお》いでいる。

ふと思った。

この男が何とかしてくれる。この屈辱《くつじょく》を晴らしてくれる。

身体《からだ》が熱を帯びた。

「行くぜ」

と権藤の声が聞こえた。

彼が入って来たとき、ちどりは高い声を放った。興奮の声だった。

あのナイフ遣いを切り刻む——その思いが放たせた叫びであった。

権藤から解放されたのは、一時間後であった。

顔も首も腋《わき》の下も足指の裏までも、権藤の唾で汚れていた。ちどりは腋毛を剃《そ》っていない。それを吸い、乳房まで何度も舌を這わせて、どうだ？　と訊《き》いた。

気持ちいいわとちどりが答えると、さらに責めて来た。ちどりは喘ぎを隠さなかった。宇戸への復《ふく》讐《しゅう》の興奮とは別に、女の部分が反応しつつあった。

権藤のものも自分から舐めた。最後は尻でいかせた。

「これだ、これが欲《ほ》しかったんだ」

と権藤は突き立てながら叫んだ。

「いってと言え。いってと言うんだ」

ちどりは従った。

「いって、いって。あたしのお尻でいって」

〈須賀町《すがちょう》〉の住宅街にある借家がちどりの住まいであった。ひとりで住むには充分すぎる間取りだが、緊張から解放された時間を維持するには必要な空間といえた。

異常には家が見えた時点で気がついた。

帰りが遅くなる場合に点《とも》しておく玄関ライトと居間の照明が消えている。闇の中に家の顔をした闇がそびえているのだった。

玄関でセンサーをチェックし、人の出入りはゼロなのを確かめた。家の中にいるものが光を落としたのだ。

照明をオンにして、奥へ入った。

一〇畳の納戸《なんど》を改造したトレーニング・ルームは四方をコンクリートで固め、浴室から続いている。奥に簡易ベッドとソファが置かれ、ソファに分厚い人工皮膚を被《かぶ》った機械人形《アンドロイド》がかけていた。

ちどりの目的はベッドのほうだった。

運んだのは昨夜遅くだが、ひとことも口をきかず、ぴくりとも動かず、置いて出たときと少しも変わっていないふうに見える。

「声くらい出せる?」

と訊いた。胸は上下している。呼吸《いき》はあるのだ。

それ以上、何をするのも諦《あきら》め、ちどりは壁にかかっているリモコンを取って、機械人形の動力をオンにした。

人間よりも滑《なめ》らかにソファから立ち上がった右手には、ちどりと同じナイフが握られている。

プログラムは「フリー」。容赦《ようしゃ》なしの戦いが、動力をオフにするまで続く。「動き」の全設定がちどりの一・五倍と知れば、ナイフ術のどんなインストラクターも無茶なと言うだろう。ちどりがこの世界で男性を凌《しの》ぐトップの座を維持していられるのは、このお蔭《かげ》だった。

だが、妖術相手では。

「今日は中止はなしよ。殺すつもりでおいで」

コンピュータ・チップに理解できない台詞《せりふ》を投げつけると、ちどりは腰を落として身構えた。

3

肉体よりも精神の疲労のせいか、たちまち肩と胸に二太刀《ふたたち》を受けたが、どちらも浅傷《あさで》で、ちどりも三カ所に傷を負わせたものの、戦闘不能に陥《おちい》らせることはできなかった。

六分すぎにフェイントをかけられ、それを躱したとき、足をさらわれた。踏んばって転倒は免《まぬが》れたが、完全に自由を失ったところへ、ショルダー・アタックが襲った。

仰向けに倒れたちどりにのしかかって来た機械人形のナイフは、停滞なく心臓を傷つけた。肉にめり込む切尖《きっさき》を感じ——それで終わりだった。

動きを止めた機械人形の背後に、リモコンを手にしたあの男が立っていた。

「〝ジャック〟」

とちどりはつぶやいて、動きを止めた機械の下から脱《ぬ》け出し、立ち上がった。

「起きてたの？」

男はリモコンを壁に戻して、ちどりに近づいて来た。

「あなたは——〝ジャック〟？」

答えもせず、男は機械人形を片手で摑み上げた。比較的軽量とはいえ、一〇〇キロ超の身体をソファへ放り投げる。眼を見張ったちどりは、さらに大きく見開いた。人形はもとの姿勢でソファにかけたのだ。

男はちどりの方を向くと同時に右手のナイフを喉元に突きつけた。

瞳に異様な光が燃えている。

それを見た刹那、ちどりはやるべきことを理解した。

全身の血が熱く流れはじめた。

男はナイフを逆手に握ったままだ。斬《き》るよりも刺すのを基本とするナイフ術では不利な持ち方であった。動きが大幅に限定されるからだ。

ちどりの突きには殺意がこもっていた。簡単に弾かれた。身体まで持っていかれる。途中でこらえて、構え直したとき、男は眼の前にそびえていた。巨大な山脈だ。

立ちすくんだ。

右の首すじに冷たいものが当てがわれ、横に引かれた。

絶望が失神を招いたらしい。

次にちどりが眼にしたのは、背を向けてベッドの方へ去る大きな背中であった。

首に手を当てた。ぬめりが指先に触《ふ》れた。少し斬られた。実戦なら死んでいる。

「ねえ」

とちどりは呼びかけた。

ベッドに腰を下ろした男へ、

「あなた、ナイフのプロね。ね、私に教えてちょうだい。どうしてもお返ししてやりたい男がいるの」

それでも身じろぎひとつしない石像のような姿へ、

「あなた――〝ジャック〟でしょ?」

と浴びせた。

「あたしの要求を聞いてくれないと、警察を呼ぶわ。その様子じゃ、逃げられるとは思えないし、それよりも、今あたしを助けてくれたのは、どうして?」

ちどりは携帯を取り出して、ボタンを二度押した。短縮ダイヤルである。

呼び出し音が二度鳴って、男の声が出た。

「こちら〈新宿警察――須賀町交番〉です」

光が一閃した。

上半分が断たれた携帯を、ちどりは妙な表情で眺《なが》めた。刃で二つにされたのに、少しの衝撃も感じなかったのだ。

はっと後退する前に、ジャックが迫っていた。

ナイフは順手持ちだ。

一気に突き出して来たのをぎりぎりまで待って跳びのき、肘《ひじ》へ斬りつけた。自分でも理想的なタイミングであった。男がかすかにうなずくのをちどりは見た。上衣の肘が裂けていた。

ちどりはまた突っかけた。男が見えなくなった。後ろから首すじに冷たいものが当てられた。鋭い痛みが、二度も死んだぞと伝えた。どうやって後ろへ廻ったのかはわからない。スピード、タイミングの差が人間業《にんげんわざ》ではなかった。それなのに――

やれそうだ、と思った。


「見つからないなあ」

とつぶやいたとき、家電《いえでん》が鳴った。

茶碗を置いて、せつらは受話器を取った。

「〈メフィスト病院〉の看護師です」

名前は言えないと言う。

覚悟を決めたような物言いであった。

TVで放送していた〝切り裂きジャック〟を特別病棟で世話していたと聞かされ、せつらは、へえ、と応じた。

へえの意味は二つある。メフィストが殺人鬼を隠していたこと。もうひとつは、ついにメフィストを裏切るスタッフが出たことだ。

後のほうはどうしても納得できなかった。その結果が、

「どうして？」

問いになった。なぜしゃべる気になったか、である。突きとめなくては眠れない。

預かったのは、時間的にはひと晩に過ぎない、と名前を告げぬ通報者は言った。

「午後二時四一分、彼は消滅しました」

「ほう。なんで？」

「わかりません」

「院長からは何か特別な指示は？」

「ございませんでした」

「あいつが予想していなかったわけはない。なんで

放置プレイを？」

「…………」

いきなり、せつらは本題に入った。

「なんで、僕に密告を？」

「そんな言い方しないでください」

「失礼」

謝辞とは思えないのんびり声である。向こうは気にしたふうもなかった。それくらい切迫《せっぱく》中なのだと、次の言葉が明らかにした。

「私――変なんです？」

「はあ？」

「あの患者さんに手を触れもしなかった。ただ、院長に特別な患者さんだと言われて、何度もモニター・チェックしてただけなんです。それだけなのに――何か、おかしい……」

「持病は？」

「ありません。そんな症状……誰だって……あるわけがない……わ」

「どんなふう？」

沈黙がやって来た。

半分中身が残った茶碗が、ふと気になったとき、

「殺したい」

「え？」

せつら自身の声に、切られた電話の音が重なり、ピーが虚《むな》しく耳介《じかい》の奥で鳴った。

「危《やば》いかな」

着信記録は非通知である。

折り返し、〈メフィスト病院〉へかけた。

メフィストと副院長は留守であった。女性の統括部長が出た。

事情を話すと、

「個人情報は明かせませんが、私の独断でお教えしましょう」

と言った。

一〇秒とかけずに、内田理名《うちだりな》という二六歳の看護師とわかった。今日は休んでいるという。

自宅の住所と携帯の番号も聞いて、せつらは礼を言った。

「急いで捜《さが》してください——それと、ひとつだけ教えてください」

受話器の向こうで、部長が申し込んだ。

「——何か？」

「内田は、どうしてあなたに？　ドクターが彼女に連絡先を教えたとは思えません」

「こちらも全然」

「——何となくわかります」

「え？」

「私も教えてしまったわ。それと同じ——かな」

「はあ？」

「いいえ。失礼します」

きっぱりと伝えて、部長は電話を切った。二度目のピーを聞きながら、せつらは首を傾げた。

チャイムが鳴った。


放っておいたが鳴り続けた。ただのセールスマンではなさそうだ。

ベッドサイドの電話機を取り上げ、応接モードに変えて、どなた？　と理名は訊いた。

「いたな」

若くくぐもった声が届いた。

何処かで聞いた覚えがあるような気もしたが、考えたくもなかった。

金属が打ち合う音が、ドアのあたりで嚙み合った。

立ち上がって、寝室を出た。

DKは一二畳ある。

ドアの音は激しく鳴っている。

キッチンに向かったとき、破壊音らしき鉄の悲鳴が上がり、ドアが大きく開いて、ダウンの下にTシャツを着た若者が入って来た。右手を背に廻している。

流行《はや》りの七分刈《しちぶが》りを見るまでもなく、下の階に住むサラリーマンの長男だとわかった。

「理名ちゃん」

若者は表情よりも虚《うつ》ろな声で言った。

「おれさ……ずうっと、あんたを見てたんだぜ」

「そうね」

理名の声は、彼以上に虚ろだった。

「おれがこんなに好きなのを知ってるくせに……あんたは一度もふり向いてくれなかった……」

「仕方ないでしょ。私はあなたなんか気にもしていないわ。今でもそうよ」

キッチン台の方へ移動してゆく理名を、陰火《いんか》の燃えるような眼で貫きながら、若者は右手を背から出した。

大型の肉切り包丁を握っている。照明の光が刃を青黒く光らせた。

「あんた――男がいるだろ？」

舌舐めずりして言った。

「それがどうしたの？」

「ひとりじゃねえよな」

「何のことよ？」

理名は台に右手を置いた。

「とぼけるな。おれは何度も見た。同じ日に二人もやって来た。あいつらとやりまくったのか？ ひとりが帰ったら、次の奴とあそこがすり切れるくらい激しくよ」

「何しようと、私の勝手よ。あんたもしたいんでしょ？ だから、あたしを見ていたのね。そうやってズボンの前をふくらませて、涎《よだれ》を垂らしながら。変態」

「おまえは――おまえは――淫乱だ。おれは……許さないぞ」

「へえ……どうしようっていうのよ？」

理名は笑いとばした。自分の声かと思うような下卑《げび》た笑いだった。どうなってしまったの？ と思う自分がいた。

「決まってる……制裁を与えてやる」

若者が近づいて来た。

「これは、おれがやるんじゃない。神が手を下すんだ」

「なら、あたしもそうしてあげる。覚悟なさい」

「うるせえ」

若者は包丁をふりかざして、駆け寄った。

ぎりぎりまで待って、理名は身を沈めた。ふり下ろされた刃が、ステンレスの台に当たる嫌な音を聞きながら、右手を突き出した。台の上に置きっぱなしのナイフが若者の鳩尾に吸い込まれる感覚は、性的な昂《たか》ぶりを招いた。もうひと刺し、もうひと刺し。

若者は悲鳴を上げた。激痛が腹部に広がり、血が逆流して来る。思いきり吐いた。

それでも膝蹴りを叩き込んで来た。理名の顔面を直撃した。

ぎゃっとのけぞる髪の毛を掴んで、若者は床へ引きずり倒す。

悲鳴を上げる理名を仰向けにして、狙いを定める。

まず喉だ。いや、この姿勢では無理だ。なら、おっぱいか？　いいや、下腹だ。あそこには子宮がある。

下の女は、派手だが安物の衣裳《いしょう》を何枚もまとった青い眼の女と化していた。

暗夜だ。遠くを馬車の音が流れていく。石畳の地面の上で抵抗しているのは、汚《けが》らわしい娼婦《しょうふ》だった。

「おまえは誰だ？」

シルクハットを被った彼は、下町なまりの英語で訊いた。

「エリザベス・ストライドか？　メアリ・ジェーン・ケリーか？　それとも――」

「内田理名よ！」

下方から光条《こうじょう》が一閃した。

それは横一文字に彼の喉を裂いた。同時に、若者のふり下ろした刃も理名の下腹に深々と突き刺さった。

傷口を押さえて彼はのけぞった。喉と手の間から鮮血が溢《あふ》れ出た。

執念とでもいうべき熱狂が、彼を捉《とら》えていた。

両手で下腹部から抜いた包丁をふりかぶる理名の胸を噴き出る若者の血が染めた。

これは神命《しんめい》だ。汚らわしい女どもを殺害するのは、神の御心《みこころ》なのだ。

「死ねえ」

冷たい異国の町の路地で、彼は凶器をふり下ろした。

「？」

空中で止まったのに気づくまで、少しかかった。

両手は頭上で止まっていた。

「お邪魔」

世にも美しい声が戸口からやって来た。

振り返り、若者は恍惚《こうこつ》となった。否《いな》、仰向けの理名ですら。

彼らは殺意すら忘却《ぼうきやく》させる神秘的な美貌《びぼう》に巡《めぐ》り会ったのだった。

「一九世紀末、倫敦」

と秋せつらは低く、茫洋とつぶやいた。

第三章　我らが内なる闇の刃《やいば》

1

「くわああ」

若者の第一声はそれであった。彼は立ち上がり、せつらの方へ歩き出したが、三歩目で止まった。

その背後で——理名が起き上がった。

若者の膝《ひざ》で鼻はつぶれ、血にまみれてはいるが、意識は確かだった。

「ありがとう」

つぶれた声である。

「今、勤務先に連絡を取る。院長の治療を受けたことは？」

「いいえ」

「自慢の種になる」

「嬉《うれ》しいわ」

血まみれの顔が微笑した。凄惨《せいさん》ともいうべき笑顔が出来た。

「でも、その前に教えて。あなた、何人の女と寝た？」

「想像に任《まか》せる」

「ふしだらな男どものひとりね？」

「そういわれると」

せつらは頭を掻《か》いた。照れている場合ではないが、彼がやると、何もかも収まりがつく。

今回はそうはいかなかった。

「わかったわ。そこから動かないで」

理名は滑《すべ》るようにせつらに近づき、正面からナイフを首すじに突き立てた。


〈メフィスト病院〉の救命隊員が駆けつけたとき、理名はナイフをふり下ろした姿で硬直し、その足下《あしもと》には、血止めされた若者が横たわっているきりであった。理名の下腹部にも止血帯が貼られていた。

どちらもその姿にはおよそ似合わないある種恍惚《こうこつ》の表情を浮かべているのだった。

午後遅く、せつらは〈神楽坂〉から程近い〈津久《つく》戸町《どちょう》〉にあるバイク屋を訪れた。

シャッターが下りている。表面に「本日休業」と書かれた紙が貼られていた。

隣の美容院へ入って、中年女性に事情を訊《き》いた。

三日前からバイク屋の長男が理由もなく暴れ出し、刃物で家族を斬《き》りつけたという。

「何とか抑《おさ》えたらしいんですけど、医者を呼びもしないで、昨日から休んでますよ」

「中で悲鳴か何か?」

「いえ、全然」

「何も見えなかった?」

「何も」

「出て行った音は?」

「あたしがここにいる間は、なかったですね」

どーもと礼を言い、せつらは家の裏手に廻《まわ》った。

地面を蹴《け》りもせずに宙に浮き、ブロック塀《べい》を越えて裏庭に着地する。

カーテンを下ろしたベランダのガラス戸の錠がひとりでに外れた。すべて見えざる糸の仕業《しわざ》であった。

三〇畳はあるリビング・ダイニングへ入る前から、不愉快《ふゆかい》な臭《にお》いが流れて来た。血臭《けつしゅう》だ。美容院の女性の証言からして悲劇が生じたのは昨日の夜だろう。それでも臭いが残る血の量は大したものに違いない。

居間には二つの死体が横たわっていた。

ソファにかけた主人らしい初老の男性と床にうつ伏せた女性である。夫人だろう。

刺殺なのは一目瞭然《いちもくりょうぜん》だったが、無惨《むざん》すぎた。主人は顔も胸も腹部もめった刺《し》しにされている。夫人は首から背中に、大きな血の染みが広がっていた。

刃物を持った凶人《きょうじん》の仕業に違いなかった。

家に入ったときから、せつらの耳は、ある響きを聞きつけていた。今の状況からすると、あり得ないものであった。少女のすすり泣きである。

死が音もなく跳梁《ちょうりょう》する家の中を、それは希望のたてる小さな声のように巡《めぐ》った。

発源点は二階の一室であった。

〝探《さぐ》り糸〟を放ち、室内の様子をチェックしてから、せつらは同じ糸を使ってドアを閉じた。

六畳間の右側にベッドが置かれ、それにもたれかかるように、若者の死体が腰を下ろしていた。右手は血のこびりついた包丁を握りしめ、左腕は五、六歳の少女を固く抱いている。

「君は?」

せつらが小さく訊いた。

少女は顔を上げた。希望の欠片《かけら》もない眼と表情が、せつらの声を聞いてから一変しつつあった。せつらをひと目見て、決まった。

「ミチ……コ」

「ここのお嬢ちゃん?」

「うん」

うなずく顔は赤く染まっている。声に力が溢《あふ》れた。綺麗《きれい》なお兄さんの前で、恥はかきたくないのだ。

「その人はお兄ちゃん?」

「うん」

表情が曇ったが、すぐに戻った。悲劇も忘れさせるせつらの美貌《びぼう》であった。

「いつおかしくなった?」

「一昨日《おとつい》から」

「どうしたの?」

二日前の朝から、部屋に閉じこもり、家族が夕食を終えると、下りて来て母親に、

「おまえは浮気をしているな」

と言い出し、母が莫迦《ばか》なこと言ってないでご飯にしなさいと言うと、

「おれは、あんたが二丁目のコンビニの親爺《おやじ》とホテルへ入るのを見た」

と言い、父親には、

「みんながいないとき、風邪で寝てたら、父さんいますかと女から電話があった。名前を訊くと切れちゃった」

と言って、キッチンの戸棚から大きな包丁を取り出し、最初にソファの父を刺し、逃げようとした母も後ろから突き刺したという。

ミチコが立ちすくんでいると、血まみれの包丁を手に近づいて来て、そっと頭を撫《な》で、

「おまえは違うよね」

と言って手を取り、二階の自室へ上がった。

「そこで、あたしを抱いたまま、お兄ちゃん、自分の首を切ったの」

少女の眼から涙が滑り落ちた。

その前に、みんなおまえみたいだったらなあ、とあたしを見てから包丁を首に当てたという。兄の死はすぐにわかったが、ミチコを抱いた腕の力は落ちず、今まで逃げられなかった。

「〝ジャック〟は潔癖症《けつぺきしよう》か」

つぶやいたとき、ミチコがぽつりと、

「お腹空《なかす》いた」

と言った。

「下へおいで」

せつらは少女を連れて玄関を抜け、美容院へ行くと、女主人に、

「警察へは連絡しました。この娘《こ》を預かってください。これで何かお腹に」

と一万円札を手渡した。惨劇の家を出がけに、キッチンにあった夫人の財布から抜き取ったものである。警察が何かかぎつけたら、そのときはそのときだ。

美容院を出てから、青みを増した空の下で、

「あとひとり」

とつぶやいた。少しも緊張したふうがないのが、この若者らしかった。

男は〈市ケ谷駅《いちがや》〉近くの馴染《なじ》みのバーへ入った。

弟分たち四人が一緒だった。

会長の権藤が愛人に任せている店は、銀座《ぎんざ》顔負けのホステスたちの労《ねぎら》いの上手《うま》さとママの愛嬌《あいきょう》で客の切れ目がないと評判であった。店内の装飾も贅《ぜい》を尽くしているのは、ケチな権藤を説得したママの手腕であった。

ボーイが席へ案内してすぐ、華《はな》やかなドレス群と和服の美女がやって来た。美女はママの夕花《ゆうか》である。

すぐ酒になった。ホステスを口説《くど》くのに夢中な弟分たちの隙《すき》を見て、夕花は男の腿《もも》に手を乗せた。

「お見限りね」

小声のささやきは、本物の怨《うら》みと欲情が詰まっていた。

「忙しくてね——会長は?」

「ここのところさっぱり。あの人は、お金が儲《もう》かればいいのよ。あたしなんか、放りっぱなし」

「そんなこともないでしょう」

グラスを傾《かたむ》ける男の腿から夕花は手を移動させた。期待が息を荒くしている。

指先が固いものに触れた途端、思ってもいなかった熱いものが股間に広がった。

「この頃、使ったの?」

声は喘《あえ》ぎであった。

男は首を振り、すぐに、

「いや。一回だけ」

と訂正した。

「誰を斬ったの?」

「斬ってませんよ。刺しただけです。だが——女のくせにナイフのプロでした」

「女?」

夕花は火のような眼差《まなざ》しを男——字戸に送った。

「会長のご指示です」

「それにしたって。女なんかと」

もう一度、字戸を睨《にら》みつけ、夕花は笑顔で立ち上がった。

宇戸がその後を追ったのは、十何分かが過ぎてからであった。

トイレの個室に入り、ズボンを下ろして待つ。腰の後ろに付けたナイフは鞘《さや》ごと荷物用の台の上に置いた。

すぐに足音がドアに近づき、開いた。

後ろ手にドアを閉めてロックし、夕花は前もって緩《ゆる》めておいた襟元《えりもと》を大きく開いた。

二つの白い肉の山を、ナイフ遣《つか》いは貫《つらぬ》くように見つめ、左の革《かわ》手袋を脱いで、片方のそれを鷲掴《わしづか》みにした。

「あ……」

のけぞってすぐ、夕花は、その手を摑んだ。

「時間がないのよ、すぐにして」

「ああ」

宇戸は鞘からナイフを抜き、鋭い切尖《きっさき》を夕花の乳房に食い込ませて、引いた。

傷口から血が盛り上がる。それを見て、夕花は呻《うめ》いた。痛みとその結果が豊満な肉の中に張り巡らされた神経網に、淫《みだ》らな快感を伝えていく。

「ねえ、いつもより深く切って」

不気味《ぶきみ》なおねだりをした。さすがに宇戸が見つめると、

「こんな傷すぐ治るわ。権藤なんかにはわからない。早く、もっと切って」

宇戸はママの願いを八回叶《かな》えた。

「吸って。あたしにも吸わせて」

宇戸の舌は傷口をねぶり、夕花はすぐにその舌を吸った。なおも流れる血を指ですくい、夕花の口に入れた。

ドアの外を、ママ、ママと呼ぶ声が往復した。

「来たわね、権藤」

乳房と口を血まみれにした女が、蔑《さげす》むような眼でそちらを眺《なが》め、

「先に出て。あたしはごまかせるわ」

と言った。

宇戸は席へ戻る前に、権藤の居場所を確かめ、奥の席へ出向いた。

いつもそうだが、意味ありげな笑みを浮かべ、権藤は上目遣《うわめづか》いに最高の用心棒を見た。

「夕花が見当たらねえんだ。おまえ、知らんか？」

「さて」

「そうかい。ま、楽しくやりな」

宇戸が席を離れたとき、夕花がやって来た。

血痕の一滴も付いていない。着物の下の乳房にも傷ひとつあるまい。あの程度の傷なら、この街は露店の血止め薬できれいにならしてしまう。

夕花が腰を下ろすと同時に、権藤は抱き寄せて、

「景気はどうだ？」

と訊いた。反対隣のホステスが、水割りをその前に置いた。

「ご覧のとおりです。帳簿はちゃんと毎月、お届けしてますわ」

「あんなもの信用できんわ。幾《いく》らでも改竄《かいざん》が利《き》くからな」

「あーら、私が会長を騙《だま》して着服に励《はげ》んでいるとでも？」

「してれば、いずれわかる」

海千山千《うみせんやません》の夕花に、ぞっとするような視線を当て、

「隣のビルも欲《ほ》しいと言ってたな？」

「ビルじゃなくて、土地ですわ。ここ少し狭くて、満席でお断わりするお客さまも多いのよ。中には〈新宿警察〉や〈区役所〉のお歴々も」

「そいつは考える必要があるな。どの辺の連中が来てるんだ？」

「警察なら〈戸塚《とつか》署〉の署長さん、〈区役所〉は」

声をひそめて、権藤の耳へ、

「〈区長〉さん」

「そうか。よく来るのか？」

「ここのところしょっ中」

権藤は眼を宙に据《す》えて、うーむと腕を組んだ。やくざや暴力団は、経済に強くなくてはやっていけない。権藤は〈区外〉の大学の経済学部を出ていた。知る者は少ないが、国立だ。

「看板には『セルフガード・スクール』と出てるが、護身術か？」

夕花がうなずいた。

「ええ。うちにも通ってる娘《こ》がいるわ――キミちゃん」

と声をかけた。ドアに近い席から、小柄な娘がやって来た。

「キビキビしてるな。隣の成果か？」

権藤の問いに、二十歳《はたち》前後と思《おぼ》しい娘は、はいとうなずいた。

「お休みのときに通ってるんですけど、すっごい厳《きび》しくて、その日は何もする気になりません。あたし、高校で空手部だったんですけど、何の役にも立たないわ」

「空手か。しかし、この街じゃあんまり役に立たんぞ」

「ナイフもやってますよ」

「ナイフ？」

「ええ。すごい強い先生がいて。しかも女なんです」

権藤の眼が光った。ナイフと女――ある名前が浮かんだ。

「女？　――何て名だい？」

「名前だけしか知りませんけど――ちどり先生」

「ほお、そんなに強いのかい？」

娘は何度もうなずいた。眼がかがやいている。

「拳銃以外の武器を持った男なら、みんなあっという間に、急所を刺されてしまう。勿論《もちろん》、模擬刀《もぎとう》ですけど」

「ほお。そんなにか」

娘は自信たっぷりにうなずいた。

「あたし、この二週間くらいサボっちゃったけど、今日も先生来てるはずですよ」

権藤の視線が隣を遮《さえぎ》っている壁の方を向いた。

そのとき——ある音が、同じ方向へと向かっていた。

パトカーのサイレンであった。

2

通りの闇の中を若い男が歩を進めていた。路上に影が落ちている。月の仕業だ。左方にそびえる影は、〈大日本印刷《だいにっぽん》〉の廃墟《はいきょ》であるが、今の居住者についてはわかっていない。

何処《どこ》か曖昧《あいまい》な——確たる目的地へ赴《おもむ》く足取りではなかった。

不意にその頭上で羽搏《はばた》きの音がして——止まった。

人影の右手が閃《ひらめ》いた。

光が舞い下りて来たものの首をとばして、また自然に垂れた。断《た》ったのは刃が厚く広い肉切り包丁であり、断たれたものは、路上で激しく羽搏きを再開した黒い鳥であった。数メートル先に落ちた首は嘴《くちばし》が異常に鋭く長く、血の中で痙攣《けいれん》する胴に残った爪もコンクリートを砕《くだ》きそうな鋼《はがね》のかがやきを帯びていた。

続けざまに落ちて来た。

今度は爪がとんだ。瞬《まばた》きする間《ま》に二匹が地上に激突し、動かなくなった。

「やるねえ」

と言ったのは、無論、包丁の主ではない。

十数分前、若者が出て来たスナックから尾行していた別の人影であった。中背《ちゅうぜい》だが、トレーナー姿の引き締まり具合は並みではない。

「店の中にいるときから、おかしいとは睨んでたんだが、追っかけて来た甲斐《かい》があった。今の包丁さばき——〝ジャック〟てのは、おまえさんかい?」

若者はふり向こうともせず、やや前屈《まえかが》みになっ

て、

「どうして、おかしいと思ったの？」

と訊いた。まともな声である。二羽の凶鳥を葬《ほうむ》った後でのまともは――異常だろう。

「ビール頼んで飲みもしねえ、奥で主人が料理してる、その包丁さばきを、まばたきもしねえで三〇分も眺めてりゃ、大概《たいがい》おかしいと思うだろうが」

「全然気がつかなかった。あんた――警察かい？」

「いいや、職業ならバンサー――用心棒だ。名前は水月豹馬《みなづきひょうま》。せっかくの休みだというのに、おまえみたいなのを見ると、放っておけねえ因果《いんが》な性分《しょうぶん》なのさ」

「全く因果だよ。気にしなきゃ、ここで死ななくても済んだのに」

若者の声には笑いがこもっていた。男をこの場で必殺する圧倒的な自信がそれを支えていた。

「僕は氷室年男《ひむろとしお》――〈新宿高校〉の三年生だ」

言うなり、若者――氷室はつっかけた。五メートル先の豹馬の眼の前へワン・ジャンプで着地すると同時に魔刃《まじん》をふるった。刃《やいば》は喉《のど》を裂き、頸骨《けいこつ》も切断するはずであった。

相手がいない!?――愕然《がくぜん》となる前に、下から迸《ほとばし》る石の拳《こぶし》。ばきっと顎《あご》を打ち砕く音がした。

路上へ大の字になった高校生へ、

「ホントに大したもんだ。おれでなきゃ、首がとんでたぜ」

苦笑混じりに言い放ったのは、本気でそう思っているらしい。

その職業――用心棒こと〝バンサー〟と名前をかけて、人はこう呼ぶ。

〝ザ・パンサー（豹）〟

と。

最寄りの交番から〈新宿警察〉に氷室を連行した豹馬を、意外な人物が待っていた。

「おお！　久しぶりだなあ」

精悍《せいかん》さが破顔《はがん》した先で、秋せつらはのんびりと、

「どうも」

と応じた。

「変わりなく?」

「おお。相変わらず〈歌舞伎町〉の店を掛け持ちで用心棒してるぜ。暇《ひま》があったら遊びに来な。おれの顔で安くしとくぜ」

「どーもどーも」

「相変わらずだな。ここは偶然かい?」

「いや、警察無線を傍受《ぼうじゅ》してたら、氷室年男を逮捕したと」

「へえ、人捜《さが》し屋ってのは、そんなことまでやるんだ。警察ものんびりしてられねえな」

「氷室を何処で?」

「〈大日本印刷〉の近くよ」

事情を話すと、

「〝ジャック〟が憑《つ》いても、〝ザ・パンサー〟には通用しなかった」

「いいや、間一髪《かんいっぱつ》だったぜ。二度と闘《や》りたくねえな。やっぱり――憑きものか?」

「多分」

せつらがこちらへと誘った。二人は廊下へ出て、古いソファに腰を下ろした。

「〝おしゃべり無し〟で」

「オッケー」

豹馬はうなずいた。署内には隠しカメラが腐るほど取り付けられている。その対策として、声を出さず、唇の動きも最小限に留《とど》める会話法――〝おしゃべり無し〟である。

――あいつは〝ジャック〟じゃねえんだな?

豹馬の問いに、

――そうそう
とせつらは返した。

「だがな、あの包丁さばきは、並みじゃねえ。ナイフ遣いのプロだって限界がある。あいつのは、その限界を易々《やすやす》と超えていた。なあ、実のところ、おれ

は名前しか知らねえんだ。〝ジャック〟てな何者だい？」
「今でも正体不明。一八八八年の秋から冬にかけてのロンドンで、娼婦《しょうふ》五人を殺した伝説的殺人鬼だよ」
「悪《わり》い野郎だな」
「全く」
せつらはうなずいた。
その伝説が今、〈新宿〉に甦《よみがえ》ったのだ。
一八八八年、晩夏といえど冷気と寒風が通りを渡る八月三十一日の払暁《ふつぎょう》、ロンドンの下町イーストエンドの小路地バックス・ローで開始された連続殺人は、十一月九日の深夜における娼婦メアリ・ジェーン・ケリーの殺害をもって終焉《しゅうえん》を迎えたと言われる。
犠牲者は、
八月三十一日／バックス・ローにおける娼婦メアリ・アン・ニコルズ
九月八日／ハンバリー・ストリートの貸間長屋の裏庭で殺害された娼婦アニー・チャップマン
九月三十日／バーナード・ストリートにある国際教育倶楽部《クラブ》ハウス中庭で発見された娼婦エリザベス・ストライド
同日／オールド・ゲイト、マイター・スクエアで惨殺されたキャサリン・エドウズ
十一月九日／ドーセット・ストリート、ミラーズ・コート貸間長屋十三号室で解体されたメアリ・ジェーン・ケリー
以上五名。そのどれもが鋭いナイフで喉を裂かれ、胸部や腹部を切り開かれていた。
これが世に云《い》う〝切り裂きジャック《ジャック・ザ・リッパー》〟連続殺人事件である。
犯人の名称は、九月二十七日、通信社「セントラル・ニュース・エイジェンシー」に送られて来た犯人自身の手紙から世に喧伝《けんでん》されることとなった。

娼婦に怨みがあり、まだゲームは続くと予告した手紙の末尾に記《しる》された名前が、「親愛なる〝切り裂きジャック《ジャック・ザ・リッパー》〟」だったのである。

現在《いま》では、通信社や別の新聞社の記者が書いたとも言われるが、この一通、この名称《サイン》から、〝切り裂きジャック〟の名と事件は歴史に残ることとなった。

「へえ、いつの世でも大事なのはネーミングだな」

苦笑する豹馬へ、

「事件はそれまで単に『ホワイトチャペル連続殺人事件』と呼ばれていたし、犯人も、目撃者の当てにならない証言から、肉屋や革職人が血除《よ》け傷除けにつける革《レザー》エプロンを着た〝レザー・エプロン〟と言われていた」

せつらには超珍しい〝解説〟である。豹馬とはよほど気が合うのだろう。

「目撃者がいたのか？」

「いたけど、どれも当てにならなかった。ただ、女性を切り裂いたナイフさばきから、まず医者が、それも女医が疑われた」

「なんでだい？」

「犠牲者は、後ろから喉をやられてるんだけど、抵抗した跡がないんだ。彼女たちが立ってたのは、通りの端っこだ。どんな客でも一応は用心する。しないのは、女だったから、そして、内臓の切り出し方の上手《うま》さ」

「あんた、よくそんな顔してこんな話がスラスラできるなあ」

豹馬は呆気《あっけ》に取られた。

犯罪者やその予備軍がうようよしているイーストエンドには、当然、夜間パトロールの警官も数多く警邏《けいら》中であった。一度ならまだしも、五度の殺人を犯して眼もつけられなかったのは、ジャックの強運というしかないが、当局はそうは考えなかった。

警察と深い顔馴染みか、見咎《みとが》められても無視されるような人物――高貴な身分の者か女性と考えられた。

　この前年『緋色《ひいろ》の研究』でデビューを飾った名探偵シャーロック・ホームズの作者コナン・ドイルは、

「犯人は一応、外科知識のある男で、警官の注意も引かず、犠牲者の疑いも招かず接近できたのは、女装をしていたのかもしれない」

　と息子に語っている。

　当時のイギリスは、ヴィクトリア朝の最盛期とも重なり、ロンドンのような都市部は活気に溢れていた。その活気を代表するものは産業革命以来の知的中産階級であったが、支えるものは数多くの底辺労働者たちといえた。ヴィクトリア朝の光と闇――その闇の暗部ともいうべき裏町イーストエンドの片隅で生まれた光への抵抗者は、その用を果たすと、ふたたび闇の中へと帰還し、二度と姿を見せなかったのである。

　当時最高の警察力を誇るとされたスコットランド・ヤード――ロンドン警視庁ですら、その逮捕には至らず、その結果、数多くの研究者から、おびただしい数の容疑者が生まれ、〝切り裂きジャック〟伝説を彩《いろど》っている。

　精神錯乱した理髪職人でユダヤ系ポーランド人のアーロン・コズミンスキー、毒殺犯ジョージ・チャップマン、当時敵対していたロシア政府の命を受けたロシア人医師アレクサンドル・ペダチェンコ、姓名不詳のユダヤ人精肉業者《ショーヘート》、そして、著名《ちょめい》な画家ウォルター・シッカートと並んで今も〝ジャック〟の最有力候補と目《もく》される学校教師ジョン・ドルイットらが、この血と闇の一幕に登場しては消えていった。その後も〝ジャック〟の容疑者は枚挙《まいきょ》に暇《いとま》がなく、DNA鑑定によって確定されたなどの風聞《ふうぶん》も多いが、定説はいまだにない。

「しかしなあ、〝ジャック〟が娼婦を怨んでたというのは、あんたの話でわかったが、それがなぜ、今頃この街へ現われたんだ?」

豹馬は眉を寄せた。

せつらは小首《こくび》を傾《かし》げて、

「多分――気まぐれ」

と言った。

妖気渦巻く街に忽然《こつぜん》と出現した古《いにし》えの街並み。それが過去の悪霊を召喚《しょうかん》したとしても少しも不思議に思う者はいない。

せつらにとっても、どうでもいいことなのかもしれなかった。彼の関心は標的本人にあり、出自《しゅつじ》にはなかった。

そこへ、玄関から見覚えのある顔が入って来て、二人を認めるや、よおと片手を上げた。

殺人課刑事として、凍らせ屋《スパイン・チラー》――屍刑四郎《かばねけいしろう》と並ぶ名物男、朽葉謙介《くちばけんすけ》であった。

「今度は、〝ジャック〟を捕まえたんだってな。いや、お手柄お手柄」

笑っているが、死に損《ぞこ》ないが救いを求めているふうにしか見えない。落ちくぼんだ眼と生気のない表情、血の気ゼロの灰色に近い肌のせいだ。

「相変わらず、年寄り臭いおっさんだ」

うつむいた豹馬が噴《ふ》き出すのをこらえた。すぐに顔を上げて、せつらへ顎をしゃくった。

「彼の話じゃ、〝ジャック〟もどきらしいぜ。そのつもりで尋問《じんもん》しな。あんたが陣頭指揮か?」

「悪いか?」

反抗も陰々《いんいん》としている。

「とんでもない」

よれよれのコートのポケットから、くしゃくしゃの「しんせい」の袋を取り出して一本咥《くわ》え、近くの警官に、おいマッチと火を点《つ》けさせ、思いきり吸い込んでから、朽葉は煙と言葉を一気に吐き出した。

「これから尋問だが、付き合うかね?」

「あ」

とせつら。よろしくの挨拶《あいさつ》だ。

「それじゃあ、おれはこれで」

調書も取り終えている豹馬は、そそくさと去った。

3

隣室の窓を通して覗《のぞ》くこともできたが、せつらは取調室へ入った。すでにせつらも顔を知っている座《ざ》古《こ》刑事と三好《みよし》刑事の苛烈《かれつ》な取調べが開始されていた。

テーブルの向こうにかけた氷室の顔はすでに右半分が紫色に腫《は》れ上がり、鼻はつぶれている。歯は大丈夫だが、長くは保《も》つまい。

「名前と住所は？」

スキン・ヘッドと体格で暴力団に入れなかったから刑事になったんじゃないかと噂《うわさ》されている座古刑事が、氷室の胸ぐらを摑んでゆすった。

「何すんだ？」

氷室は嘲笑《あざわら》った。

「ここは民主警察じゃないのか？」

「ここは〈新宿警察〉だ」

三好刑事ががらがら声で宣言した。

「笑わせんな」

氷室が吐き捨てた。

「暴力刑事《でか》が、都合のいい寝言ばかりほざきやがって。おれのパパは〈区役所〉の相談役だぞ。てめえらまとめてとばしてやる」

その顎ががつんと鳴って、氷室は椅子《いす》ごと仰向《あおむ》けに倒れた。

「包丁ふり廻して他人《ひと》襲った餓鬼《がき》が、いっちょ前の口叩《たた》くな」

と引き起こした、その両膝の上に、果物ナイフが放られた。

全員が、ぎょっとして自分以外の顔を見廻す間に、氷室はそれを握って立ち上がった。

「動くな」

デスクの上に置いたSIG《シグ》オートにのばした座古

の手が空中で止まった。

その肩を軽く叩いて、せつらは前へ出た。ナイフを放ったのは彼だ。

「おい」

朽葉が止めたが、もうせつらは氷室と向かい合っている。

「サンキューサンキューありがとう」

氷室は不気味な笑顔をこしらえた。

ためらいもせずナイフで斬りかかる。数センチ手前で止まった。

「なんだ、てめえは?」

左手を添《そ》えてもびくともしない。咎めるようにせつらを見た。

「斬ってみ」

と美しい人捜し屋《マン・サーチャー》は、恍惚とけぶる顔へささやいた。

氷室は動かなかった。せつらの意図が呑《の》み込めないのである。

だが、せつらを凝視《ぎょうし》する表情から、恍惚が消え、妄執《もうしゅう》とも凶気ともいうべきものが、炎のように燃え上がった。

朽葉が、あっと叫んだ。

氷室はもう一度、せつらに切りかかったのである。

「よせ」

せつらが告げたのは、氷室ではなかった。武器を向けようとする刑事たちであった。

氷室の右手だけが光の弧《こ》を描いた。それは誰の眼にもせつらの首を真横に切断したように見えた。

氷室の表情が変わった。その場に立ちっ放しのせつらに異常はない。氷室は彼を見つめた。せつらの首をはねる寸前、右肘《ひじ》に感じた違和感が、必殺の一撃をずらしたとは理解できなかった。

動かぬせつらに、もう一度放った。

同じだった。

「まず喉を切り裂く手口は同じだけれど、彼は背後から襲った。絞殺してからという話もある」

もう一撃来た。今度は勢い余って一回転し、氷室はついでにデスクの方につんのめった。刑事たちが飛びのく。暴れる容疑者には慣れっこらしく、停滞のない動きだった。

氷室はすぐに立ち上がり、攻撃を繰り返した。三度続けて空を切り、咳込《せきこ》みながらへたり込んだが、また起き上がった。次の切りかかり同様、スムーズに見えながら、どこかぎこちない。

「おかしいぞ」

刑事のひとりが眼を丸くした。

「あいつ——操《あやつ》られてるんだ」

静かに言ったのは、朽葉だった。

見えざる糸の能力《ちから》を彼は知っている。

ナイフはふられ、せつらは躱《かわ》す。一〇〇回もこれが繰り返されたとき、氷室は白眼を剝《む》いて失神していた。

汗すら出なくなった蒼白《そうはく》の顔《マスク》をつけた身体《からだ》が倒れ——また起き上がる。氷室は呼吸《いき》もしていなかった。

「もうよせ！　殺すつもりか!!」

朽葉の叫びは叱咤《しった》であった。

ついに氷室は倒れ、動かなくなった。

「医者を呼べ！」

朽葉がドアの方を指さしたが、

「いいから」

とせつらが止めた。

「多分——落ちる」

「落ちる？」

いくら叫んでも喚《わめ》いても咥えっ放しの「しんせい」を指ではさもうとして、朽葉はアチチと悲鳴を上げた。ほとんど燃え尽きていたのである。

「ほい」

せつらの掛け声と同時に、氷室の身体は大きく跳《は》ねた。妖糸《ようし》の仕業だったが、どこをどうしたのかは誰にもわからない。

生へと復帰する苦しみに歪《ゆが》んだ顔が、不意に正常に戻った。顔形《かおかたち》もそうだが、殺人鬼の翳《かげ》が跡形《あとかた》もないのだった。

落ちるの意味を、朽葉は理解した。

彼は短く吐気《とき》を区切っていたが、不意にひとつ大きく吐いた。

その顔がみるみる苦悩に引き歪むのを、せつらは見た。

「おれは……おれは……人を……」

「殺した。二度とやらないけど。いい弁護士をつけたまえ」

と言ってから、朽葉の方を向いて、

「先に二、三訊かせてもらっていい？」

この顔に正面から見据えられて、小首を傾げられたら断われる生き物はいない。

朽葉以外の刑事たちも一斉《いっせい》にうなずいてしまった。

「君も？」

氷室も同じだった。

「いつから人を切り刻《きざ》みたくなった？」

高校生の顔が記憶を辿《たど》ろうと歪み、

「三日前の晩から」

「契機《きっかけ》は？」

「……あいつを……痛ぶって……から」

「外国人のおっさん？」

うなずいた。

「仲間と四人で、いつもあの時間に、あの辺をうろついてホームレスなんかをいびってたんだ」

「どうして？」

「――どうもねえ。面白半分だよ。金なんか取ってねえ」

刑事のひとりが、この野郎と呻いた。

「彼を痛ぶってから、すぐおかしくなった？」

「家に帰ってからだよ。なんか身体中が寒くなって、衝動がこみ上げて来たんだ。人を殺したい、それもナイフでまず喉を切り、それから内臓を取り出したいって」

でも、とつけ加えた。

「我慢しようとしたんだ。ひと晩中ずっと、その衝動と戦っていたんだ。次の日もずうっと……でも……いつの間にか敗《ま》けちまったんだ……」

「その外国人はどうした?」

普通の人間ならてきぱきとした質問、というところだが、せつらの問いは、のほほんとしか聞こえない。

「わからねえ。女が邪魔に入ったんだ。凄《すげ》えナイフ遣いだった。名人だと自分でも言ってた。きっと、あいつを連れてったと思う」

「確認した?」

「いやいや。逃げるほうが先だった。あの女――本気でおれたちを殺すつもりだった」

「身長は?」

せつらは、女についての質問を続け、じき、

「オッケ。後は任せる」

と朽葉に言って、取調室を出た。

朽葉が追って来た。

「一本どうだ?」

としわくしゃの「しんせい」を突きつける。

「やらない」

「わかってる。久しぶりの挨拶だよ」

と箱をしまい、

「俺も耳にはさんだが、やっぱり〝ジャック〟の影響か?」

「多分」

「一九世紀末の殺人犯が現われたって、少しもおかしかない。〈新宿〉だからな。それが生身《なまみ》の人間に影響を与えるのも、よくある話だ。だがな、おれは何だかやな予感がするんだよ。これまで感じたことすらない不気味な予感がな。そして、こういうのほど的中《てきちゆう》するんだ」

「…………」

「おれも〈新宿警察〉の捜査は信用しているが、あ

んたと比《くら》べりゃ、頭ひとつ負ける。早いとこ捜してくれや、な？」

「全力を尽くす」

「早いとこ頼む。でないと、〈新宿〉はじまって以来の不祥事が起こりそうな気がするんだ」

朽葉が地を這《は》うような口ぶりで言い終えたとき、取調室のドアが派手に開いた。

二人の脳裡《のうり》に、同時にある予感が閃いた。

飛び出して来た刑事の叫びが、

「自分を刺しやがった！　医者を呼べ！」

こう絶叫する前に、二人にはよくわかっていた。氷室が決して助からないことも。


その夜、もう一件、ある事件が起こっていた。〈新宿〉では何ということもない、当事者たちですら、数時間後には曖昧な記憶の断片としてしまうような平凡な出来事であった。

〈市ケ谷駅〉に程近いファミリー・レストランで、弾丸と刃の決闘が行なわれたのである。

店の東側の窓のそばのテーブルに、女がひとり腰を下ろしていた。かなりの美貌なのに、精悍そのものの印象を放つ娘であった。

右隣は空席で、衝立《ついたて》ひとつはさんだところに、二人組の男たちがいた。

問題は、席についた娘が、すぐに震《ふる》え出したことと、男たちが酔っていたこと、そしてゴロツキだったことである。

衝立越しに娘を見た男たちは、

「こりゃいけねえな」

「気の毒だねえ」

「何とかしてやろうぜ」

と言い交わして、娘の席にやって来た。

「どうした、姐《ねえ》ちゃん？」

ひとり——鼻にも耳にも舌先にもリングをつけた革ジャンが訊いた。お近づきになりたいという欲望が露骨《ろこつ》な声であった。

「何でもないわ。気にしないで」

「それはいけねえよ。苦しんでるのを見ちゃったら、男として放っちゃおけねえ」

「苦しんでなんかいないし、男だろうと女だろうと関係ないわ。ありがとう、席へ戻って」

娘の声はしっかりしていたが、小刻みに揺れる身体は止まらなかった。

「ほーら、具合悪いじゃん。病院へ連れてってやるよ」

二人目——痩軀《そうく》に不釣《つ》り合いなオーバー・サイズのコートを着た男が、廻り込んで娘の腕を取った。

途端に、

「イテぇ⁉」

と放って自分の手首を押さえた。指の間から血が溢れ出した。

「この女《あま》あ。ナイフなんか出しやがって」

革ジャンが娘の細く光る拳を睨みつけた。

「お願いだから行ってちょうだい」

娘の言葉は感情を喪失《そうしつ》していた。手首を裂いた男たちの存在を意識から消している。それが彼らを激昂《げきこう》させた。

コートの男が、引き立てようと娘の髪の毛を摑んだ。そして、ぎゃ⁉と叫んで、またも左の手首を押さえた。

「野郎」

コート姿が慣れた手付きで拳銃を抜いた。

男の親指がすっぽり入りそうな大口径リボルバーである。高性能弾丸を使えば、大銀行の金庫でも射《う》ち抜けるだろう。

正気を失った表情は、脅《おど》しではないことを示していた。

いきなり火を噴いた。二メートルと離れていない娘の顔まで届きそうな火線が伸びる。

娘の顔の両脇の窓ガラスに二個の弾痕《だんこん》が亀裂《きれつ》を走らせた。

二発射ったのではない。外したのでもない。娘が眼前に立てた刃が、弾丸を、ぴたり真ん中から縦に裂いたのだ。

「があが」

息を呑むコート姿へ、

「行って」

と娘は繰り返した。

先にレジへと向かったのは、革ジャンであった。コート姿はゆっくりと後じさり、通路を少し下がってから、いつの間にか噴き出ていた顔中の汗を拭いた。

リボルバーが上がった。

「次も切れると思うか？」

「やってごらんなさい」

娘は顔を上げ、コート姿を見つめた。

第四章　斬《き》りごこち

1

〈新宿〉では茶飯事《さはんじ》の、ちっぽけな戦いが急速に結末を迎えんとした一瞬、

「よさんか」

肉を断《た》つような一喝《いっかつ》が店内を震《ふる》わせた。

戦いの血気をたぎらせた二人が、声の方を向いたほどである。

二人の背後――出入口への通路の右側のテーブル席に、網代笠《あじろがさ》に炭色の衣《ころも》を着けた雲水《うんすい》が立っていた。いきなり時代劇の登場人物が現代にとび込んで来たかのようだが、〈新宿〉では珍しいことではない。髷《まげ》に大小、着流しの浪人者でないだけましだ。

「な、なんだ、てめえは?」

コート姿が歯と眼を剥《む》いたが、迫力はゼロだ。老僧の一喝のせいであった。

「旅の者じゃ。仏に仕《つか》える身で、殺生《せっしょう》の現場を見捨ててはおけまい。双方とも武器を仕舞《しま》え」

雲水の右手には、錫杖《しゃくじょう》が握られていた。歩行の助けにも護身兵器にもなるが、長さ一メートルと少し。闘争の現場には届くはずもない。

「邪魔するな。てめえもこの女の後を追いてえか!」

喚《わめ》くコート姿へ、静かな、しかし重々しい響きが、

「後を追うなら、おまえの後じゃ」

「なにィ!?」

「だが、そうなる前に、事は収めよう」

錫杖がコート姿をさした。じゃらんと杖頭《じょうとう》の鐶《かん》が鳴った。

鳴り終える前に、コート姿は垂直に床へ落ちた。

ぶつかったリボルバーが硬い音をたてた。

「この街で喜捨《きしゃ》を求めるには、少々念法《ねんぽう》も必要でな」

網代笠を上げ、陽灼《ひや》けした顔に白い眉と歯が鮮や

かな老僧は、口元をほころばせた。

「お店の方——こちらを表へ。半日もすれば眼を醒《さ》ましましょう」

と告げてから、しっかりした、しかし軽い足取りで娘の方へやって来た。

「失礼ながら、声をかけた理由はおぬしにある」

娘はうなずいた。わかっていたのである。

「水名間ちどりと申します」

「拙僧《せっそう》は、鋼海《こうかい》——坊をつけてお呼びなされ」

澄んだ眼がちどりを見つめた。ちどりはふたたび震えはじめた。今度はさらに激しかった。

「憑《つ》かれておるな。かなり古い——一〇〇年以上前の死霊《しりょう》じゃ。しかも、これは〝感染魔霊《かんせんまれい》〟。ひとりでは飽《あ》き足らず、自分と関係した者を、次々と同類と為《な》す力を備《そな》えておる。先ほどのナイフの技——憑いておる死霊に加えて、おぬし本人も先天的に刃物の扱いに長《た》けておる。それ故《ゆえ》に憑依《ひょうい》深度も深いのじゃ」

「そんな——違います」

「おぬしはこらえておる」

鋼海は静かに言い渡した。

「そして耐えておる。そのナイフで人を斬り裂きたいという内なる衝動にな」

「………」

「大元《おおもと》は何処《どこ》におる？」

鋼海は上体を曲げて、ちどりに顔を近づけた。避けようとしたが、ちどりは動けなかった。

「知り——ません」

「いや、知っておる。さ、案内しなさい。わしにできるかどうかわからぬが、おぬしの精神《こころ》を解放すべく、できるだけのことはしてみよう」

瀕死《ひんし》の氷室から残るひとりの暴行犯仲間の名と住所を聞き出して、朽葉は同じ町内のサラリーマン家庭へ急行した。せつらは何故《なぜ》か同行しなかった。

その家の長男——遠山種彦《とおやまたねひこ》は留守であった。母親は待っていたように、朽葉へ息子の異常さを訴え、今日はオーバーに古臭い山高帽《やまたかぼう》――青いコンタクトを入れ、いつもはしない手袋をつけて、外出したという。

身につけた品々は、すべて高校のクラブ活動用に購入したもの――演劇部であるという。

「〈早稲田〉の〝倫敦通り〟だ」

朽葉はためらうことなく断定した。

少し前から霧が出ていた。〈新宿〉では〈亀裂〉から噴《ふ》き上がるものが有名だが、この通りが作られて以後は、何処からともなく湧き出して、たびたび建物や通行人を取り囲む。

同名の裏町――「ホワイトチャペル」を模《も》したパブの窓には点《とも》った灯《あか》りを人影が横切り、男女の歌声が響いて来る。

おれたちゃ　間違ってる

世紀末の倫敦に
こんな通りはありゃしねえ
影の画家が描いたのさ
一杯やってから　霧の国へ押しかけて
安酒パイント10《テン》ペンス
霧の滓《かす》と混ぜ合わせ
通りも一緒に掃き出しちまえ

無論、飛び交うのは、下町訛《なま》りの英語である。しゃべれない客は黙って手拍子《てびょうし》を打つだけだ。つぶれた帽子《シャッポ》、皺《しわ》だらけのスカーフを巻いた下には、これも古着らしい上衣《うわぎ》とズボン、編み上げのドタ靴には泥がこびりつき、どこから見ても世紀末倫敦だが、いまイチ板についていないのは、ほとんどが〈早稲田大学〉の学生か、物好きな観光客のせいだろう。

舞台のライン・ダンサーは舞踏研のメンバーで、BGMは好事家《こうずか》からの借り物だ。時折、木の車輪をきしませながら街路を過ぎる馬車と馬は、レンタル・ショップが役に立っているし、この店は倫敦警視庁《スコットランド・ヤード》の衣裳《いしょう》一式も貸し出してくれる。

今朝、殺人現場の封鎖テープも解除され、偽《いつわ》りの〈世紀末倫敦通り〉と下町は、ふたたび過去の再現を開始中であった。

そう。建物の陰に立つ娼婦《しょうふ》たちもまた。

パブから最も遠い物陰の娼婦は、高槻典子《たかつきのりこ》という名前であった。演劇部員とも、本物の娼婦とも違う。造花をあしらったボンネット帽の下の眼は、縫い目だらけの粗末《そまつ》なコートやすり切れたロングスカートに似合わぬ鋭さを見せていた。

午前一時を廻《まわ》ってすぐ、〈早稲田大学〉の方から、ひそやかな靴音がやって来た。

特殊危険容疑者に対して、警察は、こちらも特殊な警備を整えていた。前回の失態もあった。

パブにさしかかったが、無視した。

そちらの方角には、六人の仲間がいたが、それも無視した。

仲間の眼に仕かけたレンズ型カメラが、ダッフルコート姿を映し出している。女たちへの無視ぶりは、平凡な通行人としか思えない。鼻から下を黒いマフラーで覆《おお》ってさえいなければ。

その足が止まった。

典子の眼の前——二メートルと離れていない。

眼が合った。

こいつだ。確信が身体《からだ》の芯を突き抜けた。血走った凶気をたっぷりと宿した眼だ。

そいつがコートの内側に右手を差し入れると同時に、典子は、来たわよ、と放って身を屈《かが》めた。

超高感度イヤホンを耳にはさんだ仲間たちが駆けつけるまで最低五秒。

典子は大きく前へ出た。

ボロマフラーの裏側に貼りつけた護符《ごふ》を手にした頭上を、びゅっと刃《やいば》が裂いた。

それが戻る前に、護符を相手の左胸に貼るや、跳《と》びのいた。

動きが止まった。左右と後方から人影が走り寄ったのは、その瞬間であった。

駆けつけた娼婦姿は典子と同じ女性警官だ。普段、この一角には〈区〉と〈早稲田大学〉から報酬を受けた、モデルたちが並ぶ。

「科学兵器は無効だけれど、厄除《やくよ》けなら効果ありね──網をかけて」

何処からともなくとんで来たドローンが、男の上空から金属製のネットをかけた。

驚きの声が上がった。

いつの間にか、パブの客たちが駆けつけていた。その中の何人かと、女刑事たちの何名かが漏《も》らしたのである。

男のマフラーがずれた。下から現われ、街灯の光にぼんやりと照らし出された顔は、桜色の頰《ほお》を持つ若者のものであった。

一〇分とたたぬうちに、若者は待機していた特別収容車に乗せられて走り去った。

「大捕物だったわよね」

客のひとり──下町の娘に扮装《ふんそう》した女子大生が、遠ざかるパトカーのサイレンの方角に眼をやったまま、つぶやいた。

「どこがだよ」

船員帽の若者が、フィッシャーマン・コートの胸前を会わせて、〈世紀末通り〉を指さした。

「さ、帰ろうぜ〝ジャック〟の逮捕にしちゃあ、呆《あっ》気《け》なかったよな」

「でもさ、また出てくるよ──そう思わない？」

「かもな。この通りは、出来たときから薄気味悪いって言われてたんだ。事件が起きる──解決する。けど絶対にそれじゃ終わらねえ。また何か、もっと不気味《ぶきみ》な事件が起きる。誓ってもいい。ここは本気で呪《のろ》われている場所さ」

彼は恋人の女子大生をふり返った。

「さ、かえ――」

呼吸《いき》が止まったのは、数秒後であった。

娘は立っていた。失った首の切り口から、心臓の鼓動《こどう》に合わせて、間歇《かんけつ》的に粘《ねば》い血を噴き上げる胴体だけが。

娘の隣に立つ壁のような人影を認めても、大学生は動くこともできなかった。右手を見た。でかい包丁は男のくるぶしまで届いている。その先から細く赤い糸が、ねっとりと男の足下《あしもと》にしたたり、粘い広がりを形成していく。

何か言おうと思ったが、やめた。何の拍子で刃がとんで来るかわからない。

男の顔ははっきりと見えた。

老年とは言えない。ひどく頑丈《がんじょう》そうな顎《あご》を備えていた。

男が首のない恋人を抱き上げて石畳に寝かせた。

大量に流れ出した血が、比《くら》べものにならない粘液の海を広げていく。

学生は〝ジャック〟について知悉《ちしつ》していた。元になった伝説についても。――だから、これから何が起きるかよくわかっていた。

男が包丁をふりかぶった。

恋人の下半身にこれから行なわれる行為を考えて、学生は失神した。


「おらんとな?」

戸口で待つ雲水――鋼海は戻って来たちどりの報告に眉をひそめた。

「やはりな。鬼気がない。おぬしの話では身動きもままならず眠りっ放しだったというが――ふむ、封印は解けたぞ」

ちどりは息を呑《の》んだ。

小さな感情の爆発の後――襲って来たのは安堵《あんど》であった。

雲水の霊力を含んだ言葉にあらがえないものを感じて、〝ジャック〟の下へ案内してしまったが、後悔は胸の奥で熾火《おきび》のようにくすぶっていたのである。

「いません。帰ってください」

「そうはいかん」

鋼海は首をきっぱりと横にふり、

「ここしばらく〈新宿〉を震撼《しんかん》させている魔性《ましょう》は、間違いなくおぬしとともに暮らしておる相手じゃ。そう知ってしまった以上、彼を鎮《しず》める責《せき》がわしにはある。でないと、おぬしの精神《こころ》も肉体《からだ》も蝕《むしば》まれ、同化してしまうぞ」

「放っておいて。警察へは――行きます」

「否《いな》じゃ。ならばとうに行っておる。今のおぬしは彼の掌中《しょうちゅう》で苦悩しておる愚《おろ》かな魂《たましい》にすぎぬ」

そのとき、かすかな足音がエレベーター・ホールから伝わって来た。

こちらへ向かって来る。

廊下の奥に、人影が――

点った、とちどりは意識せず感じた。理由は人影がライトの下で、影の衣裳を外した瞬間、明らかになった。

眼が剝き出され、口が当てどもなく開いてしまう。

星のかがやきをちりばめたような美貌《びぼう》――この世のものではない、とちどりは実感した。

「これは……」

鋼海の声すら虚《うつ》ろであった。

「帰ったほうがいい」

炭色の直綴《じきとつ》をまとった雲水と、取り憑かれた娘を前に、秋せつらは茫洋《ぼうよう》と告げた。

2

「ここは……あたしの家よ……」

ちどりはようよう口にした。声の膝《ひざ》が抜けている。立て直したくても、眼前の美貌がそれを許さない。

それが、光の糸を引くようにうなずいた。

「〈新宿〉に五名といない軍隊式ナイフの女性インストラクター——あの高校生にプロだと言ってくれたお蔭《かげ》で、何とか見つけ出しました」

ちら、とドアを見て、

「——いますか？」

「——誰がよ？」

よくまともな受け答えができる、とちどりは思った。ドアの向こうにいるはずの巨大な絶望のせいかもしれなかった。

「〝ジャック〟」

返事は出なかった。

せつらは気にしたふうもなく、

「失礼」

その声に応じるように、ドアが開いた。ちどりが眼を剝いた。右手が腰のナイフに伸びる。

「お邪魔」

せつらは二人を無視して戸口をくぐった。

「やめて！」

ちどりは後を追い、彼の前に廻った。

「出てって頂戴《ちょうだい》。あたしの家よ」

せつらは奥を指さし、

「お尋《たず》ね者」

と言った。

「冗談言わないで。誰もいません」

「確かに」

「え？」

「いつ帰って来ます？」

正直、何を言っているのか、ちどりには理解できなかった。みな的中している。せつらの〝探《さぐ》り糸〟を知らぬ者には、不思議不可解のひとことであった。

「いつじゃね？」

鋼海も訊《き》いた。

「わからないわ。いつ出て行ったのかも。ずっと動けなかったのよ」

「あの四人にやられてから？」

とせつら。ちどりはうなずくしかなかった。

網代笠の下で、ん？　と聞こえた。

残る二人の視線の先で、

「邪霊があわてはじめた。戻って来たの」

「はーい」

とせつらが応じ、ちどりは身を固くした。

三人の頭上に黒い靄《もや》状のものが形を取りはじめた。判然としないまま、頭上を巡《めぐ》りはじめる。

鋼海が何やらつぶやき、低く吐気《とき》を放った。

三つの塊《かたまり》が落下し、すぐ立ち上がって人の形を取った。

眼も鼻も口も黒くつぶれ、やや前屈みの身体に右腕が床につくほど長い。どちらも同じ色の刃物――のようなものを握っている。

「安堵せい。この土地の妖気が形を取ったものじゃ。狙《ねら》いは我々にあらず。帰還するものじゃ」

「いや」

それがせつらの言葉だと、他の二人が知る前に、影たちは右手をふりかぶって、ちどりを取り囲んだ。

「伏せて」

世にも美しい声の響きに誘われて、ちどりは身を屈めた。その頭上からふり下ろされた黒い刃は、肘《ひじ》から切断されて床に落ちた。

「ほお」

鋼海が笠の端を押し上げて、せつらを見つめたが、錫杖の頭部でエレベーター・ホールを示した。

ぐん、とエレベーターが停止し、人影がひとつ現われた。

黒靄たちが、一斉にそちらを向いた。右肘を切断された奴もすでに復活している。肘から下と刃物は空気に溶けていた。もとは霞《かすみ》なのだ。

帽子にマフラー、船員風コート――何よりも左手の診療鞄《かばん》が眼を引いた。

右手をコートの内側に差し入れて、こちらへ歩《あゆ》み

寄って来る。

「こいつじゃ」

鋼海の断言に、せつらもうなずいた。すでに妖糸《ようし》は不可視の戦闘態勢に入っているはずだ。

黒靄どもが走り寄った。

〝ジャック〟の右手がまず躍《おど》った。

先頭の影があっさりと首をとばされて消滅する。大包丁が戻る前に、跳躍した二つの影が、〝ジャック〟の心臓と首とを貫《つらぬ》いた。

明らかに、霞で出来た刃は、銃弾やレーザーに勝《まさ》る効果を上げた。〝ジャック〟は血を流しているではないか⁉

胸を刺した一体が後退するのを、〝ジャック〟は鞄で一撃した。ぼっと頭が四散し——空中に呑み込まれた。

もう一体のやり口は異常の極《きわ》みだった。〝ジャック〟の顔めがけて頭からジャンプを敢行《かんこう》したのである。

標的の口元——マフラーにぶつかったのは上体のみであった。胸もとから下は、新たな一撃で切り離されていたのである。

上下とも霞と化して消えたが、三人の眼はマフラーに吸い込まれる塵《ちり》状のものを見た。

果敢《かかん》な攻撃も無為《むい》に終わったと示すように、〝ジャック〟は三人に向かって歩き出した。

「さて」

と鋼海が錫杖の下端で床を突いた。鐶が鳴り響く。

「まずは、わしか」

こういう場合、せつらは、お年寄りは後でとならない。敵の実力を調べるには絶好の申し出——くらいなものだろう。

その前に——ちどりが走り出た。

「やめて——その人たちは私の友だちなの！」

〝ジャック〟がどう考えたのかはわからない。次の行動からして、常識的なものではなかったであろう。

　ナイフが上がった。

　ちどりの首すじにふり下ろされた刃は、見えない糸に弾《はじ》き逸《そ》らされた。同時に、低声《こごえ》の一喝とともに、その身体は彼方《かなた》に吹っとび、コンクリの壁に激突した。

「戻れ——それがうぬの運命《さだめ》だ。この世に現われたのは間違いであった」

　神秘的な——彼自身にとっては、最も馴染《なじ》みな——力によって、〝ジャック〟は立てなかった。凄《すさ》まじい眼差《まなざ》しをものともせず、御仏《みほとけ》の使いは、彼に近づき、杖《つえ》の端を彼の左胸に当てた。

「宗教は違うが、ともに衆生《しゅじょう》を救うもの。我らが祈りを唱《とな》えてつかわそう」

「ちょっと」

　せつらが声をかけた。

「まだ用がある」

「いいや、一秒といえど早く始末せねば、この男は危険じゃ。邪魔するな」

「ノン」

　声と同時に、鋼海の四肢《しし》は固まった。

「これは——おぬし、それほど美しい顔をしながら、恐るべき技を使いよる。逆《さか》らえば骨まで断《た》つ、か」

　網代笠の下で、初老の顔が、にっと笑った。

「だが、わしには効かん」

　はっと息を吐く音がするや、せつらは呆気なく廊下を飛んで行った。

　身体をひとふりして、断ち切った妖糸を払いのけるや、鋼海は改めて杖を構えた。

「やめて！」

　鈍い打撃音が、鋼海を突きとばした。ちどりが体当たりをかましたのだ。為す術《すべ》もない雲水の右足のアキレス腱《けん》を素早く切断し、ちどりは〝ジャック〟の胸ぐらと腕を摑《つか》んで抱き起こした。

「獅子身中《しししんちゅう》の虫がいたの」

鋼海は横たわったまま、錫杖を奥の壁に貼りついたせつらに向けた。

呪縛《じゅばく》が解《と》けた若者は、鋼海に駆け寄り、コートの内側から止血殺菌テープを取り出した。

「無用」

「え?」

「アキレス腱をぶっつりやられたが、じきくっつく」

「血がどくどく」

呑気者《のんきもの》が教科書でも読むような口調である。脅《おど》しだが、効いた例《ためし》はない。

「昔、熊野《くまの》三山を渡る修験道《しゅげんどう》の行者《ぎょうじゃ》から教わった山間治癒《ちゆ》の法じゃ。これくらいの傷なら一時間でくっつく」

「世の中広いなあ」

本気の述懐《じゅつかい》なのかもしれない。

「では、救急車も?」

「不要じゃ」

「それでは。追いかけます」

「そう泡を食わんでもよかろうて」

「は?」

「その落ち着きぶり――わしを縛《しば》りつけたものを、ものをどちらかに巻きつけておいたのと違うかね?」

「糸も頭も切れますねえ」

せつらは本気で感心したようだ。

「でも、時間をつぶしているわけにも」

「あの男は、一〇〇年以上前の〝切り裂きジャック〟だが、大元は遥《はる》か太古に遡《さかのぼ》る」

「は?」

「わしも〝過去視《ポストコグニション》〟は効くほうだが、これだけ古いとさすがにすべては読み取れん」

「その話――外でゆっくり。ここはじき警官が来ます」

「よろしい」

せつらは肩を貸して鋼海を抱き起こし、エレベーターに乗った。

マンションを出て通りを歩き出したとき、反対方向からパトカーのサイレンが聞こえて来た。

ちどりが選んだ第二のアジトは、〈新宿中央公園〉の近くにあるカルチャー・センターの廃墟《はいきょ》だった。二年前まで、〈区民〉を対象に様々な「護身術教室」が開かれていた場所は、ある冬の日、突如《とつじょ》出現した透明な存在によって、生徒三〇〇人以上が虐殺《ぎゃくさつ》され、以後はその痕跡を留《とど》めたまま、住みつくホームレスもいない。

壁や天井や窓にとび散った血痕、大穴が並ぶ廊下、石壁の爪跡等々、背筋《せすじ》が凍るような建物の一室が、かつてちどりが教鞭《きょうべん》を執《と》っていた〈ナイフ講習会〉の跡であった。

〝ジャック〟をそこに横たえると、ちどりは彼のナイフが届かぬ距離まで後退してから、二年ほど旧式のグロックP28を向けた。部屋へ来る途中の廊下に落ちていた品だ。弾倉《マガジン》には一〇発の九ミリ軍用《パラベラム》弾が詰まっていた。全員虐殺された警備員の誰かの物だろう。なぜ現場検証に来た警官が忘れたものか見当もつかないが、生きているのは手にしただけでわかった。

「すぐに答えて。どうして私を殺そうとしたの？」

黒霞の刃が効いているのか、それとも鋼海の一喝のせいか、大量の泥のように壁にもたれかかった男は、身じろぎもせず両眼を閉じていた。

「しゃべれないなら、うなずいて。あなた、倫敦で娼婦ばかりを五人惨殺したそうね。わたしも汚《けが》れてると思ったの？　当たりよ。これまで何人とも寝たし、あなたを助けた次の日に、権藤ってやくざに犯されたわ。でも、お金で身体売ったことはない。こういうのは何て呼ぶの？　ただの淫乱？」

返事も動きもない。

ちどりは激昂《げきこう》した。

「娼婦？　淫乱？　好きもの？　汚らわしい生き物？　何か言いなさいよ！」

彼を救ってから今まで、会話がひとつもないことを、ちどりは忘れていた。声をかけても返事ひとつなく、寝返りすらもうたない。死んだかと思って見ると、胸は上下している。

正体にはすぐ気づいた。〈新宿ニュース〉が伝える〝ジャック〟の姿がそこにあったからだ。それが何故《なぜ》、あんなチンピラ四人組に好き放題にやられていたのかは想像もできない。衣裳のあちこちに弾痕が残っていたが、出血はなかった。

一種の不死身なのだろうと思った。

警察へ、と思わなかったわけではない。届け出なかったのは、彼の醸《かも》し出す雰囲気に呑まれたというしかない。横たえたとき、コートの合わせから覗《のぞ》いたナイフの柄《つか》を見てしまったせいかもしれない。一瞬、停止した心臓への衝撃を、ちどりは覚えていた。

「答えなさい！」

身を震わせて叫んだ。少しして、失望がなだめに訪れた。

「人を切り裂く以外に興味はないの？　それがあなたの生なの？」

呪詛《じゅそ》のような口調であった。その眼が爛々《らんらん》とかがやきはじめた。

「それなら、別の生き方を知れば、人殺しなんてしなくなるかもしれないわね」

次に、

「いいわ」

と口に出したのは、憎悪《ぞうお》の声であった。

「それじゃあ、人間《ひと》並みに感じられるようにしてあげる。ねえ、そうしたら――」

と呼びかけた。

「あたしの願いも叶《かな》えて頂戴」

横たわる身体の脇に、ちどりは跪《ひざまず》いた。

コートの合わせ目に手を置いて、ゆっくりと動かしていく。

すぐに止めて、内側へ手を入れた。

引き出したものは、血のこびりついた大刃のナイフであった。

一〇〇年以上前に五人の——そして、恐らくはそれ以後も犠牲者の血を吸ってきた凶器に違いない。

「これよ……これを使って……私に教えて頂戴……今のあたしよりずっと上手なナイフの使い方を……いいえ、人の切り刻《きざ》み方を……」

ちどりは刃に顔を近づけると、思いきり舌を出した。

こびりついた血を、ねっとりと舐《な》め取ったとき、刃と同じ鉄の味が感じられた。

それからナイフを横に置いて、男の下半身へ向きを変えた。

ズボンのボタンを外し、納まったものを取り出した左手が震えた。眼の前の器官に異様な昂《たか》ぶりを感じてしまったのである。

「ぐったりしてるけど、すぐに元気にしてあげる。待ってて」

屈み込んだ首すじに冷たいものが走った。

眼だけを動かして横を見た。

男の右手が持ち上がっていた。

床に置いたナイフはない。

男が手にしたのだ。

その切尖《きっさき》は、ちどりの首すじに当てがわれている。

冷たいものが首すじを右へ廻って来た。

それから、刃全体がゆっくりと喉《のど》に当てられた。

3

「殺すの？」

耳の奥で誰かの声が鳴っている。我ながら落ち着いていると思えた。この男と会ってから、何か度胸みたいなものがついたようだ。

「喉を切り裂いてから、胴を縦に割って心臓を取り出す？　それとも子宮？　腎臓に肝臓って手もあるわよ。でも、その前に――」

ちどりは男のものを口にした。

鋭い痛みが喉に走り、すぐに離れた。

頬をすぼめながら、次は何処かと思った。

右の肩甲骨《けんこうこつ》の上に来た。

鉄が食いこんでいる。

引かれた。

「ああ……」

と漏らした。股間が濡《ぬ》れていく。三センチほどで、背骨の右脇へ移った。

切り刻まれるのは同じね。殺さないときは、そうやって済ませていたの？

今度は一〇センチほどだった。深さは一ミリもないが、血は容赦《ようしゃ》なく噴き出た。

「ああ……もっと」

と喘《あえ》いだ。もう止まらなかった。

「背中ばかりじゃ嫌よ。胸もお尻も切って。殺す前に、思いきり感じさせて」

淫らなねだりの途中で、何か、風のようなものが背中を流れたような気がしたが、それきりになった。


「ありゃ」

と、せつらが眉を寄せた。ちどりのマンション近くの呑み屋である。鋼海の要求で暖簾《のれん》をくぐったものだ。

「どうした？」

猪口《ちょこ》を茶碗に替えいと喚いた雲水は、口元に当てたまま訊いた。

「糸が切れた」

二人は顔を見合わせた。

「さすがは悪霊どもの操《あやつ》るナイフじゃの。油断しすぎたわい」

「はあ」

せつらも認めざるを得ない。これで手がかりはゼ口だ。

「ま、こういうときは焦《あせ》れば焦るほど逆効果じゃ。気分を変えて一杯行こう。おい、姐《ねえ》さん、お代わりじゃ」

と空の銚子《ちょうし》の首をつまんでふった。

客席を往復していた女店員が気づく前に、別口がやって来た。

衝立《ついたて》で仕切られた両側の席から、女の子たちが銚子を両手に二、三本ずつ摑んで、

「これどうぞ」

とテーブルに置いたのである。

「おお、これはこれは済まんのお」

と鋼海は破顔《はがん》し、虚空《こくう》へ眼をやっているせつらをちらと見て、

「彼にかね？」

「当たり前でしょう！」

娘たちはうっとりと声を合わせた。見事な斉唱であった。そのくせ、せつらの方は見ない。店内へ入って来たのをふと目にした瞬間に、別の世界へ入ってしまったのだ。

「ふむ」

と鋼海が納得したとき、

「これもどうぞ」

と女たちと同席していた男たちも、銚子を両手に現われた。

「男もか!?」

雲水は呆《あき》れ返った。その彼も、せつらの顔を正視しないよう努めているのだった。

「勘定《かんじょう》はあたしが持ちます」

と左側の席の娘が、頬を真っ赤に染めて申し出た。

「あら、あたしのほうが」

右側の娘も恍惚《こうこつ》と口にした。

「何よ、あなた」

「あなたこそ何よ」

と左側が言い返し、じろりと相手の頭頂からつま

先までを眺《なが》めて、

「その顔でよくこの人に近づく気になるわねえ」

「言ったわねえ」

「ま、ま、ま、」

と鋼海が立ち上がって摑み合い寸前を制止しかけたが、

「うるさいわね」

「どいてなさいよ、糞坊主《くそぼうず》」

突きとばされて、座敷から転げ落ちてしまった。

なおも闘志満々の雌虎《めすとら》と女狼《おんなおおかみ》へ、

「ありがとう」

とせつらが声をかけた。

灼熱《しゃくねつ》の砂漠の一隅《いちぐう》をさわやかな風が吹き抜けたように、殺気は失われた。

「あ、あら」

「やだ、わたし」

林檎《りんご》から柘榴《ざくろ》みたいになった頰を押さえて女たちは席に戻ったのである。


「御仏の道に入って四五年——いまだにこの世はわからんの」

這《は》い上がって来た鋼海が、ぶつけた禿頭《はげあたま》を撫《な》でながらつぶやいた。

入店者があったらしく、冷気が吹き込んで来た。

悲鳴が上がった。

化粧の濃い水商売ふうの女が、よろめきながら入って来た。首を押さえた右手の指間と手の下から、鮮血が流れている。半身は血だるまだ。

「助けて」

言われる前に店員は応じていた。〈新宿〉の店では、こういう状態への対処も徹底している。入って来るのが、まともな人間とは限らないからだ。店長が厨房《ちゆうぼう》から、

「奥の座席へ寝かせろ。田宮《たみや》——警察の前に大森《おおもり》病院へ電話だ。マチちゃん、血止めを頼む」

おす、はいと次々に上がる返事が客たちを救った。帰ろうとする客もなく、尋常なざわめきが戻っ

た。

血まみれの女の止血は手際《てぎわ》よく行なわれた。痛み止めも射《う》たれ、呼吸もやや正常に復帰する。

そこへ、閉じた襖《ふすま》を開けて、ある意味もっと凄《すご》い存在が顔を出した。

男二人、女ひとりの店員が恍惚と固まってしまう。

「治療は終わった？」

「ええ。何とか」

マチちゃんと呼ばれた女店員がうなずいた。

「失礼」

せつらは横たわる下着姿の女に近づいて、上から覗き込んだ。

復活したとはいえ、まだ苦痛に歪《ゆが》んだ顔が、フィンガー・スナップひとつの速さで恍惚と変わる。

「大丈夫だそうです」

とせつら。女の表情に恐怖が宿った。

「高山《たかやま》さんを助けて」

え⁉　と一同が顔を見合わせる。

「あたしと一緒に帰る途中——店の外よ。〈阿門橋《あもんばし》〉の下で——いきなり、ナイフを持った女が」

「女？」

「そうよ。暗がりから出て来て、——いきなりあたしの首を。高山さんは逃げろって言って」

「ありがとう」

せつらは身を翻《ひるがえ》した。

待っていた鋼海が、

「どうした？」

「女版〝ジャック〟が出た」

「何と」

現場へ駆けつけたのは、数分後であった。

通りの右側にそびえる橋桁《はしげた》の下に、血溜《ちだま》りが出来ている。そこから血の痕《あと》が橋桁の奥へと続いている。凄まじい乱れ方である。

「即死ではなかったの」

と鋼海が笠を持ち上げて言った。

「抵抗するのを――あった」

せつらの顔が、三メートルほど向こうに横たわる人影に向いている。

素早く近づいて見下ろし、

「模倣犯《エピゴーネン》もやるなあ」

と言った。

後の鑑識の結果だが、殺された男は暴力団の幹部で、首は顎骨《がっこつ》まで断たれ、縦に裂かれた胴体から引き出された全内臓が、かたわらに並べられていた。

「しかし、こちらも匕首《あいくち》を握っているぞ」

と鋼海が男の右手を指さした。

武器が光っている。

「血がついてない」

とせつら。

「渡り合ったが、やられた」

こうつぶやいてから、思い出したように、

「あ、高山」

「知り合いかの？」

「『三途会《さんずかい》』って暴力団の幹部さ。飛び道具より刃物が得意な男だったけど、今度は相手が悪かった」

「しかし、女を逃がしてから、匕首を抜く余裕はあった。となると、相手の女は――妖物《ようぶつ》かもしれんな」

「男も女も今回、刃物を使うのは、みんな化物《ばけもの》では」

「ふむ。しかし、おぬし、よくもそう寝呆《ねぼ》けた声で通せるのお」

「生まれつき」

と答えて、せつらは惨死体から眼を離し、さらに奥を見た。

「へえ、まだいたか」

鋼海が眼を凝《こ》らす。

「新しい獲物捜《えものさが》しかな？」

せつらの声に応じたのは、もう一本向こうの橋桁の陰から現われた長い黒髪の人影であった。

上背《うわぜい》はせつらより頭ひとつ低い。体格も強風にとばされそうに細い。

「今度は男切り」

せつらはやや眼を細めて殺人鬼を見つめた。

「犠牲者の選択基準は？　やくざ？　それとも――」

女〝ジャック〟が走り寄って来た。

女らしい走り方と噴出する狂暴さのミスマッチが、せつらに小首を傾《かし》げさせた。

横殴《なぐ》りの一撃がその首を横断した。刹那《せつな》、鋼海があっと叫んだ。

斬られたと思ったのか、それとも五メートルも跳躍し、空中に停止した姿を見たせいか。

愕然《がくぜん》と頭上を見上げ、女はナイフの刃先を持つや、せつら目がけて投擲《とうてき》した。

それは一メートルも前方でびんと撥《は》ね返って女の左胸のふくらみに突き刺さった。

「ほお」

と空中で感心したのは、ナイフは女の右肩を狙ったからである。

「やるなあ。でも、逃げられない」

見えざる糸が鋼《はがね》のように降りかかった。

女が左手でナイフを引き抜いた。刃が廻った。

「おや」

糸がすべて切断されたことをせつらは知った。

女が通りへと走り出した。パトカーのサイレンを聞いたのである。

その前に、ひょいと雲水姿が立ち塞《ふさ》がった。

はっと喝を入れる寸前、女は跳躍した。易々《やすやす》と網代笠の上を跳び越え、着地と同時に走り出す。

通りへ出た姿を、急ブレーキの音込みの光が照らし出した。パトカーが到着したのである。

立ちすくむ女の周囲に廻り込んで、警官たちがとび降りる。武器はショットガンとレーザー・ガンである。

「殺すな、捕えろ！」

誰かが叫び、警官たちは武器を放って、電磁警棒《バトン》を抜いた。ヘルメットから下りて来たフェイス・シャッターが唯一《ゆいいつ》の生身の部分をカバーする。後はナイフごとき木切れと同じだ。

殴りかかって来た警棒を、女は一、二度躱《かわ》したが、ついに肩や首すじに受けた。青白い稲妻《いなずま》が全身を捕縛《ほばく》する。

連続する打撃の影に、ナイフが閃《ひらめ》いた。

防禦繊維《ぼうぎょ》に覆われていた喉が大きく口を開け、異様な呼吸音とともに黒血《こっけつ》を噴き上げた。

さらに殴打《おうだ》を続けるひとりの鳩尾《みぞおち》に柄元《つかもと》まで刃を差し入れ、女は屈強《くっきょう》な警官を放り投げた。最低でも一〇〇キロ超の身体が人形みたいに宙を飛んで、後方のパトカーの屋根を直撃した。

「射て！」

捕縛を命じた声であった。

警官たちが後じさり、放った武器を構える。真紅《しんく》のビームと銃火は、向かいにいた狙撃手《そげきしゅ》をのけぞらせた。

軽々と宙に躍って、呑み屋のある通りに着地した女は、追い討ちのビームや散弾など知らぬげに、もう一度地を蹴《け》って、警官たちの視界から消えた。

橋桁の奥から現われたせつらと鋼海へ銃口が向けられたが、

「どーも」

せつらが片手を上げると、ひと目でそれとわかったらしく、

「銃を下ろせ」

と最初の声が命じた。

声は隊長らしいひとりに化けて近づいて来た。

「何をしていたのかね？」

と訊いた。

「二人で仲よく」

とせつらが一杯飲《や》る手つきを示した。

隊長は、はっと後ろを見て、

「〈救命車〉とパトカーが待ってる。一応、調書を取らせてもらうぞ」

「はーい」

せつらはすぐに同意した。女は糸を断って逃亡した。とりあえずは追っても無駄だ。

鋼海も含めて、調書は簡単に終わる。呑み屋での一件とその後の戦いだけがすべてだからだ。

解放されてから、

「おかしな奴だったの」

と切り出した鋼海へ、

「全く」

とせつらは言った。

「でも、手がかりは摑めた」

「何じゃね？」

「もうお国へ帰ったほうが」

「そうはいかん。さまよえる魂を悪霊の手から救うのが、御仏の御心《みこころ》だ」

「はあ。でも、僕はこれっきりですよ」

「そうはいかん。おぬしの前に、彼奴《きゃっ》は現われる。同行させてもらうぞ」

「やれやれ」

「何じゃ？」

「いえ、別に。何処へお泊まりです？」

「決まっとる。おぬしの家じゃ」

「はあ？」

「それほどの顔の持ち主なら、女のほうで近寄らん。独《ひと》り暮らしであろう」

「………」

結局、そうなった。

第五章　凍《い》てつく街

1

「三途会」の権藤会長が、重要参考人として〈新宿警察〉本部へ出頭を命じられたのは、高山幹部の殺害後、一時間とたたないうちであった。

それ以前、彼が〈神楽坂〉の「福味」で、高校生たちを一蹴《いっしゅう》したナイフ遣《つか》いのプロ——水名間ちどりを招いていた事実を警察は摑《つか》んでいた。

幹部が惨殺された理由は知らん、ちどりとの関係は、単なる客と芸人だと強弁する権藤を、朽葉は隣室のマジックミラー越しに覗《のぞ》いていた。隣のドレッド・ヘアに、

「言い分に嘘《うそ》はなさそうだ」

と告げた。女郎花《おみなえし》、桔梗《ききょう》、秋桜《コスモス》、シクラメン等々が季節を問わずざわめいた。それはたくましい体軀《たいく》を覆《おお》う上衣《うわぎ》の刺《し》繡《しゅう》であった。加えて、浅黒い精悍《せいかん》そのものの顔を彩《いろど》る眼帯とくれば——言うまでもない。〝凍らせ屋《スパイン・チラー》〟屍刑四郎刑事の他はない。

「それはそうだが、女ナイフ遣いの件——裏は取れたのか？」

「料亭の女将《おかみ》も仲居《なかい》も間違いないと言ってる。ただ、『福味』というのは、ああいう連中の贔屓《ひいき》店でな、結構、危《やば》いショーやら座敷芸をやると評判の店なんだ」

「その女ナイフ屋——〝ジャック〟らしい男を庇《かば》った女と同一人物だというのも？」

「間違いなさそうだ。自宅のマンションへ出向いたら、鍵もかけずに留守にしていたし、廊下には血の痕《あと》が少々」

「防犯カメラには？」

「何も——こちらが駆けつける三、四十分前に機能が停止していたとの証言が来ている」

「それまでは異常なしか？」

「ああ」

「それがいきなりの機能停止——血痕の主か関係者

が見つからないように手を下したんだろうな。他のカメラは？」

「玄関、エレベーター内もすべて同じだ」

「そして、犯人は映っていない、と」

「そうだ」

「そんな芸当のできる奴がひとりいたな？　この街といえど、ただひとり」

「ああ」

朽葉はうなずいた。淡々《たんたん》とした表情だが、眼の光が違った。

「実は少し前に、水名間ちどりのマンション近くの呑《の》み屋にナイフで刺されたという女が駆け込み、途方もないハンサムと連れの雲水《うんすい》らしい人物が駆けつけたのだ。彼らは女と思われる犯人と戦い、そこへパトカー三台が急行したが、結局逃げられたと連絡があった。二人とは秋せつらと鋼海と名乗る修行僧だ」

屍は唇を歪《ゆが》めた。あの野郎また、という歪み方であった。

「女のナイフ遣いと女の殺人鬼、どちらも秋せつらが係《かか》わっている」

「引っ張ってみるか？」

「いや、泳がせる。二四時間尾行付きだ。奴も誰かを捜《さが》してる」

「承知」

会釈《えしゃく》する朽葉に片手を上げて、

「世紀末の殺人鬼の再登場か——この街なら珍しくもない事件だが。な、朽葉よ」

「うむ」

「なんか嫌な予感がする。こう、他は熱いのに背すじばかりが冷たいというふうな」

「わかるわかる」

朽葉は同意した。

「自分もこの件が勃発《ぼっぱつ》して以来、同じ状態だ。いや、訊《き》いてみたところ、殺人課の全員も」

ドクター・メフィストの下《もと》へせつらが訪れたのは、翌日の昼近くであった。鋼海も同行していた。

受付に申し込むと即座に、

「院長室へおいでください」

と告げられた。

得体の知れぬ黒い金属のドアの向こうには青い光が満ちていた。それを浴びながら、白い医師はかがやくように二人を迎えた。

「来る頃だと思っていたよ」

と微笑した。せつらだけが、意味ありげと見抜いた。

「どうかした？」

大テーブルをはさんで尋《たず》ねるせつらの前に、一本のメスが放られた。

「むむむ」

「取りたまえ」

せつらが手にすると、メフィストは大デスクの上に盛られたフルーツの山から白桃《はくとう》を取り上げて、せつらに放った。

左手でそれを受け取って、

「違う」

と言った。

「これはどうだ？」

メフィストの指輪がきらめいた。

せつらと鋼海の前に、一糸《いっし》まとわぬ美女が忽然《こつぜん》と現われた。

顔立ちと眉毛、ルージュの派手さから、ひと目で娼婦《しょうふ》と知れた。

「どうかね？」

とメフィストが訊いた。

「3Dの電子像だ。遠慮はいらん。好きなように、切り刻《きざ》みたまえ」

「そうなんだよ、メフィスト」

せつらは眉をひそめた。

「僕は昨夜、〝ジャック〟に会って、彼を糸で巻いた。それだけだ。糸は切断された。そして、朝起きてみると――」

ここで肩をすくめ、

「何かを切りたくて、仕様《しよう》がないんだよ」

「実は――拙僧《せつそう》もじゃ」

鋼海がこう言って笠《かさ》を下ろした。

「御坊《ごぼう》もですかな？」

メフィストは眼を細めた。

「〝ジャック〟に触《ふ》れましたか？」

「いや、念を送っただけじゃが」

メフィストはせつらを見て、

「彼の糸、あなたの念――どちらも同じですな」

と言った。

「銃弾やレーザーは射手とも標的とも物質として無関係です。だが、あなた方はそうはいかん。私の病院でも、彼を担当していた看護師が同じ状態に陥《おちい》りました。あなた方は身につけた精神力と術が、そのレベルに抑《おさ》えているのです。常人なら夜を待たず、ナイフを胸に、〈新宿〉をうろついているでしょう」

「うーむ」

と唸《うな》る雲水へ、

「御仏《みほとけ》の力で自分を抑えられますかな、これからずっと？」

鋼海は首を横にふった。むしろ力強い動きだった。

「正直、心もとないですな」

「恐らく、〝ジャック〟とは、この星が始まってから蓄積されてきた悪そのものです。我々の力では容易に斃《たお》せない。彼と会ったとき、私はそれに気がつきました。だからこそ隔離し、いずれ処分するつもりでした。彼もそれを望んでいました」

「そうじゃ。看護師がひとりやられたと。ドクター――すると……？」

メフィストは浅くうなずいた。それが運命に対する対処法だとでもいうふうに。

「私も彼と会い、彼と触れた。霊的レベルでの意志の交流も試した。その結果が」

空中を強い音が尾を引いた。

3Dの裸女はその心臓を貫《つらぬ》かれて消えた。

「おいおい」

とせつらが肩をすくめた。

「医者の不養生《ふようじょう》——或《ある》いは燈台《とうだい》もと暗し」

「その通りだ。私もリッパーの欲求と闘《たたか》っている」

〝ジャック〟の霊気に触れた者は、ことごとくその分身——というより、いまひとりの〝ジャック〟と化す。

秋せつらも、ドクター・メフィストでさえも。

誰か答えてくれ。

〈新宿〉はどうなるのか？

「で？」

とせつらがメフィストを見た。

「治療法はない？」

「ただひとつ——〝ジャック〟を消滅させることだ。彼自身がそれを望んでいることが最大のメリットになる。だが——」

「滅《ほろ》ぼせるかどうか、じゃの」

沈黙が落ちた。

ああ、魔人・秋せつらと魔界医師メフィストを、戦いに関して沈黙させるとは。

〝ジャック〟よ、おまえは何者だ？


ノックの音が、ちどりを跳ね起きさせた。ここへ来る人間などいるはずがない。反射的に〝ジャック〟を見た。

眠りについている。

——安全な場所へ行かなくては
と胸に迫った。昨夜、二人を相手に戦った。何とか逃げきったものの、彼らの口からちどりの素姓《すじょう》が警察に伝わったのは間違いない。ここにもじき捜査の手が伸びるだろう。

またチャイムが鳴った。

返事をせず、ドアに向かった。警察ならとぼけていても押し入ってくるだろう。

ドアの前で、

「どなた?」

と訊いた。右手にはナイフがある。柄《つか》を握る手に力が入りすぎのようだ。

「〈新宿〉のものです」

昼の光にふさわしくない陰々《いんいん》たる声であった。返事もおかしい。

「〈新宿〉のどなた?」

露骨な訝《いぶか》しさが声に乗った。

「〈新宿〉のものです」

ちどりは待つことにした。決心が伝わったとも思えないが、

「じきに参ります」

と内容が変わった。

「——何が、来るって?」

返事はなかった。

すぐにドアを開けた。

薄日の下に廊下が続いていた。それだけだ。見えないところに行ける時間ではなかった。通路の左右にドアは並んでいても、開いて閉じる余裕などあるはずもない。

「〈新宿〉のもの」

早く出なければ、と思った。

不意に猛烈な疲労が指先にまで広がり、ちどりはその場へ膝をついてしまった。

昨日の夜、マラソンか重量挙《あ》げに挑《いど》みでもしたかのようだ。特に足が痛んだ。

マッサージしてから隠《かく》れ家《が》を捜しに行こうと向きを変えた。

眼の前に〝ジャック〟が立っていた。

凍りつくちどりに、

「敵だな」

と言った。

「敵って——何もわからない相手よ」

「ここは〈新宿〉だったたな」

「そうよ。でも――」

「おれがどんな存在かはもうわかったはずだ。どんな土地にも敵がいる」

「ここなら大丈夫よ。あたしが守ってあげる」

「人間の力ではどうにもならん。ここで別れよう」

「駄目よ、そんな。あんたひとりで何ができるっていうの？」

「できるのは知れている」

〝ジャック〟は、にっと笑った。ちどりの首すじを冷気が取り巻いた。

「それでもおれはまだやらねばならんことがある」

「娼婦の殺人？」

「知らんほうがいい」

「あと何人殺すつもり？」

「わからん」

「あなたの殺人基準は知らないけれど、この街にそれを当て嵌《は》めていたら、切りがないわよ」

心臓が止まりかけた。


「だから――あなたに接触した人たちが――みんな」

「おれは行く。世話になった」

「駄目よ。私も行くわ」

「おれといても何にもならん。おまえのやることは決まっている」

ちどりの呼吸《いき》が荒くなっていた。

「あなたの真似《まね》はできないわ」

「おまえの行為は、おまえの意志ではどうにもならん。あの晩、おれを暴行していた餓鬼《がき》どもは、すでに虜《とりこ》になっているぞ」

「とにかく、ここにいては危険よ」

ちどりは気力を奮《ふる》い起こして、奥の部屋へ入った。

「待ってて。いま用意するわ」

荷物をまとめ、ふり返ると、〝ジャック〟はもういなかった。

あわてて飛び出した。

外へ出ても見えなかった。

「何処《どこ》へ行ったの？　また新しい犠牲者を捜すの？　やめさせなくては。あたしがやめさせてあげる」

2

〈メフィスト病院〉を出たところで携帯が鳴った。

「はい」

「はい」

「はい」

と答えて、せつらは、

「水名間ちどりさんから連絡がありました」

と鋼海に告げた。

午後二時に、〈歌舞伎町〉のトーク・ルーム「シャルケン画伯《がはく》」で会った。

開口一番、

「〝ジャック〟を捜して」

とちどりは要求した。

「駄目です」

のんびりとせつらは返した。並みの相手なら怒り出しかねないしゃべり方だが、せつらだと文句をつける者はない。

「どうして？」

すがりつくような眼差《まなざ》しへ、

「先約があるので」

「その依頼人は誰よ？」

「個人情報はノンですね」

「急にフランス語？　でもそれならいいわ。とにかく早く見つけてください」

「見つけたら、どうするかの？」

と鋼海が訊いた。

「警察へ連れて行って。そして、二度と〈新宿〉へ出さないで」

「彼を動かしているもの、が離れない限り、無理じゃのお」

「だったら、離して」

鋼海は腕組みをした。返事はしなかった。それは、ちどりの望みがいかに困難かを示すものであった。

「彼は死ぬ——いや、滅《ほろ》びねばならん。これが御仏の御心《みこころ》じゃ。だが、その方法が見つからん」

「頼りになる仏様だこと。とにかく、よろしくお願いするわ」

立ち上がろうとして、ちどりは硬直した。

「あなたも世に出せない」

せつらはそう呼びかけた。

「別の〝ジャック〟」

ちどりは眼を閉じた。

「他にもいそうかの？」

「私が知る限り、彼と接触した人間は、あなたたちが最後よ」

「すると、できるだけ早いうちに見つければ、じゃな」

「そうよ。あなたたちが、私と同じになる前にね」

「しかし——」

と携帯を取り出したせつらを、

「私を警察へ突き出したら、彼を捕える最大最高の駒をなくすことになるわよ」

「どんなメリットがあるかなあ？」

「彼の居場所——わかるわよ。眠っている間に探索子《トレーサー》をつけておいたの」

「何処？」

「私に同行しなさい。そしたらわかるわ」

じっとちどりを見つめていた鋼海が、

「なぜ、彼奴《きゃつ》にそれほど入れ込む？」

と訊いた。

「訊きたいことがあるのよ」

「一緒にいる間に訊いておけばよかったろうが」

「教えてくれなかったわ。教えられるものでもなかったのかもしれない」

「わけのわからんことを」

「ひとつ」

とせつらが切り出した。

「昨日の深夜——彼は何処にいた？」

「普通に寝ていた——と思うけど」

「ふむ」

「ニュースを見たわ。〝女版ジャック〟が出たそうね。あたしじゃないわよ」

「ふむふむ」

とせつら。

「——でも、確信は持てないわね」

「えー？」

「ほほお」

鋼海の眼が鷹《たか》の光を帯びた。

「今朝起きたとき——」

異常な疲労感の件を、ちどりは隠さずに伝えた。

「眠りも自分の自由にならない街よ。何もしなかったと断言はできない」

「わかった。出よう」


せつらはゆっくりと立ち上がった。

「でも、あの人を捕えることはできないわ。多分、殺すことも——勝算はあるの？」

「ない」

「ないのお」

「〈新宿〉一の人捜し屋でも、拝み屋さんでも駄目なの。お先真っ暗ね」

「拝み屋とは誰のことじゃ？」

「失礼しました。お坊さま」

「今度、そう呼んだら許さんぞ」

「案内、案内」

とせつらがせかした。

店の数軒隣にあるレンタカー・ステーションで、せつらは旧型のトヨタ・ハリアーを借りた。

チラ見して一番近い車だったのが理由である。

この美しい人捜し屋にとって、地を走る車など、文字通り走ればいいのだろう。

「目的地は？」

「〈荒木町《あらきちょう》〉」

ちどりはスマホを覗いている。答えは明快だった。

「そこへ行く目的は？」

鋼海が訊いた。

ハンドルはせつらが握り、二人は後ろ。勿論《もちろん》、鋼海はちどりの監視役だ。

「恐らく、隠れ家だ」

とせつら。ちどりもうなずいた。

「〈荒木町〉に何がある？」

と新参者の雲水は眉を寄せた。

「〝逃がし屋〟ノン・ボーダー」

とちどりが答えた。「ノン・ボーダー」――国境なし。何処へでも逃亡OKというわけだ。

「どうして〝ジャック〟がそんなところを知ってる？」

「彼がひとりになった場合のことを考えて、ガイドブックを渡しておいたの」

とちどりが補足した。

搭載のカーナビは、〈靖国《やすくに》通り〉から〈曙橋《あけぼのばし》〉まで至り、〈外苑《がいえん》東通り〉を右へ折れるルートを推薦《すいせん》した。

〈靖国通り〉へ入ってすぐ、リア・ウインドをふり返ったちどりが、

「尾《つ》けられてるわよ」

と告げた。

「わかってる。今朝からずっとだ」

とせつら。

「屍と朽葉氏の面子《メンツ》を立てるのも、この辺でいいだろう」

「どうするの、カー・チェイス？」

「映画の見すぎ」

覆面パトカー――というより、殺人課・大城寺《だいじょうじ》刑事のマイカーであった。車を提供する代わりに、ハンドルを握るのは相棒の本堂《ほんどう》刑事である。年齢も

彼のほうが五年若いから扱いの差は仕方がない。

「容疑者は目下、〝トーク・ルーム〟を出てレンタカーを契約、〈靖国通り〉を〈曙橋〉方面へ走行中。どうぞ」

「尾行を続行しろ」

屍が出た。殺人課の連絡は、まず〝凍らせ屋〟のスマホに入る。

「相手は秋せつらだ。おまえらに期待はせんが、妨害に用心して、見失うな――以上」

返事をする前に、屍の声は切れた。

「なんて言い草ですか」

本堂が悪態をついた。

〈区外〉から異動してまだ半年――美しい人捜し屋については色々聞かされたが、まだ面識はないし、どの話も桁外《けたはず》れに常軌《じょうき》を逸《いっ》していた。

どんな野郎だ――くらいの認識しかなかった。

「たかが、色男の人捜し屋――探偵崩れじゃないすか。みんな一体、何を怯《おび》えているんです？」

それこそ世間知らずの悪罵《あくば》に、大城寺は苦笑を浮かべるしかなかった。見所のある若いの、とは思っているが、やはり、この世界を知らない。

「そのうちわかるさ」

と返した。

「ただの人捜し屋だが、どんな男かな」

彼の台詞《せりふ》はすぐ実質を与えられた。

ハンドルを操る本堂の身体が、すうっと右へ遠ざかったのだ。大城寺自身もドアに押しつけられる――左へ流れたのだ。

「真っぷたつか⁉」

「大城寺さん⁉」

一メートルほどの距離を置いて、しかし、車は縦割りながら変わらぬ安全走行を続けた。反対車線ですれ違うタクシーの運ちゃんが、窓を開けて、白い息と一緒に、

「やるねえ！」

と感嘆してくれた。

無論、ガソリンは垂《た》れ流しだ。エンジンはたちまち停止してしまった。

「ど、どうなってんです？」

血相変えた若い刑事の声に、

「知らん。糸まかせだ」

と答えたのは、すでに事態と尾行相手の素姓を熟知している余裕であった。

三〇メートルほど奇妙な尾行が続くと、左方に解体されたらしいビルの空地が見えてきた。不動産屋の標識が立っている。

「こちら、大城寺です」

スマホの向こうにいる屍に向かって報告した。

「やられました。これから多分、〈四谷三丁目〉の空地に突っ込みます」

「………？」

「尾行は自分のドローンに任《まか》せます。無事を祈ってください。以上」

「了解」

重々しい声は、事態をよく呑み込めていないが、まあよかろうという口調であった。

二秒後、裂けた車は無事空地に乗り入れて停《と》まり、大城寺はもういっぺん屍へ、

「公的な被害ってことで、署のほうで新車買ってくれますかね？」

と尋ね、黙って切られてしまった。

「いきなり二つになったかと思えば、今度は空地へドカン——どうやったの？」

驚きを隠せないちどりの問いに、

「何とか」

とだけせつらは答えておいた。太さ一〇〇〇分の一ミクロンのチタン鋼の仕業《しわざ》だと話しても、何にもならない。

「次に打って来る手は？」

その辺はちどりもわかっている。

「ドローンだけど——これは厄介《やっかい》」

でかい顔してとんでくる直径三〇センチもあるスパイ用具ではない。警察となれば、潤沢《じゅんたく》な予算に乗って、蚊《モスキート》クラスのドローンを常備しているものだ。

ハリアーは〈外苑東通り〉を折れた。

「どうしたもんかね？」

坂崎圭介《さかざきけいすけ》はフケだらけの頭を掻《か》き毟《むし》って呻《うめ》いた。

張り込み取材のせいで三日間風呂に入っておらず、それが片づいた四日目の今日も、〈区外〉の風俗月刊誌から、面倒な取材を依頼されていた。フリーのルポライターとはいえ、五〇近い年齢《とし》を考えると、少々辛《つら》くなりつつある。

誌名を名乗り、名刺を出しても、相手は訝しげな顔をする。社名の代わりに、フリー・ライターとしかプリントされていないからである。確認電話をする相手などいないので、一瞥《いちべつ》して取材拒否に及ぶ輩《やから》も多い。

今回の相手は、「逃がし屋」であった。

〈区外〉にも、犯罪に絡《から》んで犯人や容疑者を匿《かくま》ったり逃亡先を世話したりする連中は数多い。そこで〈区外〉の同種とはひと味違う〈新宿〉の「逃がし屋」を世に知らしめたいという主旨であった。

相手はすぐに見つかったものの、取材はＮＯの列が続き、ようやく見つけた〈荒木町〉の「ノン・ボーダー」と名乗る三〇男も、法外の取材料と他言無用を条件に渋々と応じてはくれた。

とりあえず話を聞こうということになって、男のオフィス近くにあるという喫茶店に入った。

約束の三〇分前に行ったのは、電話での交渉の際、男が最初午前一〇時と言ってから、あわてて、先約があるから三〇分ずらすと訂正したからだ。セコいライターの虫が騒いだ。

すでにノン・ボーダーと先客は席についていた。危《やば》い連中向けの店だというのはわかっているし、外国人相手というのも珍しくはないが、なぜかピン！

と来た。

どこから見ても平凡な外国人である、この店で交渉に当たる連中のひとりとしては、髭《ひげ》もきれいに当たっているし、古着っぽい背広も貧乏臭くない。顔つきも雰囲気も穏《おだ》やかなものだ。

だから、胸が騒いだ。

耳に入れておいた指向性の盗聴器も、妨害電波の嵐で使いようがなかったが、坂崎には読唇術《どくしんじゅつ》という武器があった。二人の唇が読み取れる席を取って、知らん顔の三〇分。二人が立ち上がったとき、坂崎の身は興奮に震《ふる》えていた。

確証はない。外国人は、かなり流暢《りゅうちょう》な日本語で、昼の間だけ身を隠せる場所が欲《ほ》しいと申し込み、「ノン・ボーダー」は幾《いく》つかの条件を出して、男がそれを呑む――「ノン・ボーダー」はOKとうなずいて、名刺に書いてあるオフィスで待てと告げ、交渉は終わった。

どこから検討しても普通の一件だ。


だが、坂崎は大学で一九世紀の英米文学を学んでいた。荒《すさ》んだライター生活の中でも失われていなかったそれが、依頼者の言葉の中に、ただひとつ混じった英単語を聞きつけ、それが世紀末の下町訛《なま》りだと判定したのである。

頭の中で、

〝ジャック〟という名前が繰り返される。

「どうしたものか」

またつぶやいた。

警察やメディアへ連絡する気はなかった。そんな真似をしたら、一週と待たずにこの世界にいられなくなる――どころか、〈亀裂〉へ投げ込まれてしまう。〝ジャック〟はともかく、〝逃がし屋〟を売ることは許されない――それが〈新宿〉の闇社会における絶対の掟《おきて》なのであった。

では、どうするか？

〝ノン・ボーダー〟の取材は型通り終わった。

別れてから、彼は一本の電話をかけた。

「そうだ。そいつを脅《おど》して〝ジャック〟の居場所を白状《ゲロ》させりゃいいんだ。一〇〇万で頼むよ」

正午少し前。せつらと鋼海が〈メフィスト病院〉を訪れた頃だ。

3

三〇分後、〝ノン・ボーダー〟は、坂崎から再度の取材申し込みを受け、舌打ちしながら、喫茶店へと向かった。

店が見えた地点で、小柄な男が路地からとび出し、駐《と》めてある乗用車に彼を押し込んだ。

「何しやがる」

喉元《のどもと》にナイフを突きつけられながら、さしてあわてたふうもなく訊いた。

「何処の組の者《もん》だ？」

この程度のことで怯えていては、〈区民〉は暮らせない。

「少し前に、外国人があんたと交渉した。奴は何処にいる？」

〝ノン・ボーダー〟は意外そうな表情をつくり、その間に思考した。

「彼の何だね、おまえさん？」

「質問しているのはこっちだ」

「切り刻みたけりゃそうしな」

〝ノン・ボーダー〟は薄笑いを浮かべた。

「この世界で脅しに敗《ま》けたら、生きちゃいけない。あんたも〝ジャック〟もどきかもしれねえが、好きなだけ肉を切り裂いたら、さっさと帰りな」

「神経遮断《しゃだん》手術《オペ》を受けたか？」

男は笑いに口元を引きつらせた。

「おれのナイフは、オペレーション・キャンセラーと呼ばれてる。その意味をゆっくり教えてやろう」

男は片手でハンドル横のスイッチを入れた。窓にスモークがかかる。これで外からは覗けない。

「じゃ、な」

開始の挨拶《あいさつ》だったらしく、車両を絶叫が駆け巡《めぐ》った。

解体作業が行なわれているそのかたわらを、通行人が何十人となく通り過ぎて行った。

五分ほどで車は動き出し、先の交差点を左に折れると、そこに立っている坂崎がとび込んで来た。

濃密な血臭《けつしゆう》に眉を寄せ、後部座席のものを見つけて、溜息《ためいき》をついた。

「殺《や》っちまったのか？」

「ああ。我慢強い奴だったがな」

「ああ」

「礼だ」

坂崎は背広の内ポケットから分厚い封筒を取り出して、男に手渡した。

代わりに、直径三センチのミニ・ディスクとカードが坂崎の手に渡った。

素早くスマホで再生し、

「確かに――それじゃあな」

外へ出て、背広を叩《たた》きまくる。臭《にお》いと厄《やく》落としだ。生活環境のせいで、〈区民〉にはこういうタイプが多い。

坂崎はそこから一〇分余りを歩いて、目立たぬ三階建てマンションへ入った。

男から渡されたカードを使ってエレベーターを呼び、地下へと下りた。

通路を何度か曲がり、目的のドアの前に出た。表面に19のナンバー・プレートが貼りついている。

開閉スリットにカードを通すと、開いたドアから滑《すべ》り込んだ。

金属性の台の上に、外国人は冷気とともに横たわっていた。

台の下に私物を収めたらしいプラスチックのコンテナ・ボックスが置かれていた。右の壁には代謝《たいしゃ》調節装置が数値を刻んでいる。

前へ出ようとした身体に冷たいものが当たり、坂崎は足を止めた。

「そうか、防御帯《プロテクト・ゾーン》かい。だが、このカードで全室を解除できるはずだ」

と壁のスリットに近づき、

「けど、あんたを起こしちゃ正《まさ》しく藪蛇《やぶへび》になりかねねえ。なあ、聞こえるか？」

返事はない。身じろぎひとつもしないのだ。

「薬でも射《う》たれたのか、それともスッぽかしか。も少し聞いてくれ。あんたをどうこうしようってつもりはねえ。おれがここへ来たのは、あんたにインタビューしたいからなんだ。聞こえるかい、〝ジャック〟？」

どん、と心臓が鳴った。〝恥知らず〟と呼ばれる器官を高鳴らせたのは、絶望的な恐怖だった。ドアはすぐそこだ。カードもある。だが、逃げられない。足は金縛《かなしば》りにあったようにすくんでいるのだった。


男の顔が、ゆっくりと動き出したのだ。

こちらを向くまで数秒。その間に開いた青い両眼に、坂崎の姿を映し取ると、男は緩慢《かんまん》な上昇を上体に伝えはじめた。

男が台から降りるまで、坂崎は声も出せずにいた。ようやく、声帯が始動した。

「聞いてくれ。おれはあんたに取材を申し込んでるだけだ。返事をしてくれ――ひっ⁉」

息を引いた理由は、男の右手に握られた三〇センチ超の大刃ナイフであった。いつの間にか胸前のマフラーで顔を隠している。左手にはコンテナ・ボックスを下げている。

「やっぱり――〝ジャック〟」

坂崎の声は遠く流れた。

相手は足を止めた。防御帯の寸前であった。

「話を聞いても、あんたのことは誰にもしゃべらねえ。独占インタビューが終わりゃおさらばする。金も払う。何なら新しいアジトを用意させてもいい」

青い瞳がわずかに右へ動いて、ドアを映した。ドアが開いて入って来た男を瞳に収めたとき、〝ジャック〟は眼を閉じた。単に眠くなったとも、思考を巡らしているとも取れた。

「あんた——どうやって、ここへ、宇戸さん？」

「三途会」の用心棒は、無表情に近づき、坂崎と並んだ。

「おれの車には、カード・コピー機がついててな」

「だからって、どうしてここへ？」

坂崎は噴き出した汗を左手の甲で拭《ぬぐ》った。予想だにつかぬ方向へ事態が転がっていくような気がした。

宇戸は、全く別の声で言った。

「おれを呼んだよな、〝ジャック〟」

「莫迦《ばか》な」

と呻く坂崎を無視して、

「おれは呼ばれた。そのナイフで切り刻まれるために」、

眼の前の相手は動かない。血の気のない唇を動かす気配もない。

「けどな、ミスター〝ジャック——切り裂きジャック《ジャック・ザ・リッパー》〟。おれは針一本持たない娼婦どもとは違う——歯向かうぜ」

男——〝ジャック〟が左へ移動するのを坂崎は見た。

壁には計器盤《コンソール》がついている。開閉スイッチもあるだろう。

耳障《みみざわ》りな響きが小さく硬く鳴った。

知らぬ間に、宇戸が〝ジャック〟の前に移動しているのに坂崎は気がついた。

宇戸のナイフは〝ジャック〟の左胸を貫いていた。〝ジャック〟の胸前に生じた細かい亀裂が、見えざる防御壁の証《あかし》だろう。

「弾丸《たま》を食らったことはあるけど、刃物で刺されたのは初めてか？　そうだろ？　だったら効くはずだ。くたばりな。それで、おれは〝切り裂きジャッ

ク〟より強《つえ》えナイフ遣いになれるんだ」

宇戸の口上に応じるかのように、〝ジャック〟の右手が上がった。

宇戸は大きくのけぞり、悲鳴を上げた。〝ジャック〟のナイフは、ひびも入れずに彼の心臓を貫いていたのである。

「いいぜ」

こう言ってから、宇戸の口は鮮血を吐いた。それは壁に浴びせかけられ、下へとのびる赤い地図を描きはじめた。

「こう来なくちゃな。さあ、とどめだ。裂いてくれ。ここだ。喉の下を刺して、思いきり下へ引き裂くんだ。びりびりーってな」

わななく身体から串刺しの串が抜かれた。宇戸は膝を震わせ、床に沈み込んだ。

「どうして……裂かねえ?……これじゃ、痛み分けだ……おれはまた……狙《ねら》うぞ」

防御帯の消滅を坂崎は感じた。

〝ジャック〟が歩き出した。

「待て……裂いていけ。中身を全部、外へ出すんだ。あの晩——一八八八年の秋から冬にかけて……薄汚ねえ娼婦どもにしたように……うおお」

充分とは言えないにせよ、〝ジャック〟は望みを叶《かな》えてくれた。ナイフは宇戸の腰まで切り下ろしたのであった。

坂崎は近づいてくる〝ジャック〟を見つめた。もう自分は死んでいる、と思った。そうすれば痛くない。〝ジャック〟に刺されても。
三、四秒棒立ちのままでいてから、彼は宇戸の隣に崩れ落ちた。
そのとき、〝ジャック〟の姿はもう部屋になかった。

せつらたち三人が地下室へと突入したときには、床の血痕以外、何ひとつ残っていなかった。午後四時を半《なか》ば過ぎた頃だった。

「また策が尽きたの」

鋼海は溜息をついてから、

「おまえが安物を使うからじゃ」

とちどりを罵倒《ばとう》した。

「どうするの？」

ちどりはせつらに訊いた。鋼海など最初《はな》からいないようだ。

「追いかける」

せつらは、床の血の色を瞳に宿していた。

「どうやって？」

「もう一本手がある」

と答えて、二人の眼を見張らせてから、

「と思ったら——ちょっと前に断《た》ち切られた。やれやれ」

と肩をすくめてみせた。

マンションを出たところへ、到着したパトカーが三人を取り囲んだ。

「やっぱりドローンかの？」

と網代笠《あじろ》を傾ける鋼海へ、

「そうそう」

とうなずき、近づいてくる警官たちの先頭に立つドレッド・ヘアに花模様の上衣へ、

「どーも」

と聞いた者が眠りに落ちそうな声をかけた。

「達者かな？」

屍刑四郎は、その異名《いみょう》にふさわしからぬ笑《え》みを見せた。

「で、容疑は？」

と、せつら。

「とぼけるな。公務執行妨害、器物破損及び暴行罪だ」

「否認する」

「とにかく一緒に来てもらおう。追尾《ついび》してた覆面パトカーの警官二名——なかなかの重傷でな」

「僕の犯行だという証拠は？」

「ない。ここ×年分、状況証拠以外はな。充分だと思わんか?」

「つき合いはこれきりに」

「とにかく来い」

「後の二人は無関係」

「参考人だ」

「血も涙もない奴だな」

「人のことを言えた義理か」

この台詞に、警官の悲鳴が重なった。

せつらの背後でちどりの肩を摑んだひとりが、その手を押さえて後じさる。五本の指がつけ根から切り落とされてしまったのだ。

「いずれ」

言い残してちどりは後方へ走り出した。躍《おど》りかかった警官たちの手首はことごとく落ちた。

「逃がすな!」

何人かが拳銃を抜き、引金《トリガー》にかけた指に、骨まで食い入る痛みを感じて、身動きもできなくなった。


「邪魔すると即逮捕だ」

屍が〝ドラム〟を構えた。中型のドラム弾倉を備えた超大型リボルバーを何処に隠しているのか、〈新宿七不思議〉のひとつだ。

ガチリと撃鉄《トリガー》が起こされ、輪胴《シリンダー》が回転する。疾走《しっそう》する女の後ろ姿へ狙いを定め——大きくぶれた。

ちどりの身体が風を切る勢いで垂直に上昇したのである。

新たな狙いを定める暇《いとま》も与えず、右方へ弾《はじ》けてから、つぶての速さで左へ——ビルとビルの間に吸い込まれてしまった。

肩でひとつ大きく息をして、屍は〝ドラム〟を背広の裏へ収めた。着熟《きこな》しラインには一分《いちぶ》の乱れもない。確かに〈七不思議〉だ。

せつらを見て言った。

「見えない糸による空中ブランコか」

「はは」

「容疑者の逃亡幇助《ほうじょ》の現行犯で逮捕する。目撃者はおれだ」

「えー」

連行しろと背後の警官へ命じるのへ、せつらは、

「バーター」

と切り出した。

「そっちの出し物は何だ？」

「女殺人鬼」

屍の片目ばかりではなく、眼帯の奥でも何か光ったようであった。


この後、屍の命を受けた一隊が〈中央公園〉近くのある廃墟《はいきょ》を急襲したが、目標は発見できず、別の一隊は〈神楽坂〉の「三途会」を襲った。釈放されたばかりの会長・権藤を、有無《うむ》を言わさず本署へ連行した。

第六章　幻《げん》燈《とう》殺《さつ》人《じん》譚《たん》

1

最初の兆《きざ》しに気がついたのは、観光客だったかもしれない。

〈歌舞伎町〉の通りや路地の両側《サイド》を彩《いろど》る出店やワゴンを覗《のぞ》きながら、不審《ふしん》そうに戻した眼には、細長い光の記憶が点《とも》っていた。

屋台の前から通りへ戻って、

「ここで四軒目だけどさあ。偽《にせ》宝石屋、アクセサリー屋、小物屋、綿菓子屋――どの店の棚にも、ナイフや包丁が並んでるってのは、何だい？　通天閣《つうてんかく》の出店だって、あんなに客を脅《おど》しゃしねえぞ」

「おかしな品揃《ぞろ》えだよね。ねえ、見た？　どの店の親爺《おやじ》も、刃物握ってたわよ。若い兄《あん》ちゃんから――三軒目のお爺《じい》さんなんか九〇近いでしょ。息も絶え絶えだったし、それがみいんな匕首《あいくち》呑《の》んでるって、凄《すご》くない？」

同じ頃、〈河田町〉の路上で、やくざ同士の抗争が勃発《ぼっぱつ》した。

五人と七人、すれ違いざまの難癖《なんくせ》から、口論、殴《なぐ》り合いを省《はぶ》いて、どちらも上衣《うわぎ》の内側から拳銃を抜いた。

周囲には通行人が輪を作っていたが、あわてて地に伏せるか、建物の陰に隠れた。〈新宿〉は初めての観光客だけが、立ちっぱなしであった。

双方で最初に拳銃を抜いた二人が、ほとんど同時に引金《トリガー》を引いた。

観光客がひとり、眉間《みけん》を貫《つらぬ》かれて即死した。

どちらも二発目は射《う》たなかった。近くの組員が、片やリボルバー、片やオートマチックの、起きた撃鉄《ハンマー》の間に指を突っ込んだのである。自動的にハンマーが起きるオートの場合はともかく、一発ごとに引金《トリガー》を引かなくてはならないリボルバーは命中率をあげるため、射手がハンマーを起こしたものである。

邪魔された男たちは怒りもしなかった。妨害者の方を見もせず、咎《とが》めもせずに拳銃を捨て、匕首を抜いた。

他の連中はすでに抜いている。同時に地を蹴《け》り、入り乱れた。

何人かが刺され、何人かが首を切られた。

当人たちと路上は血に染まった。

凄惨《せいさん》が度を越しはじめたとき、パトロール中の警官が駆けつけて来た。

マグナム・ガンを構えて制止する。

急に同盟でも結んだように、やくざたちは一丸《いちがん》となって警官を襲った。

三秒足らずで全員が即死、或《あ》いは負傷個所を押さえて地面に蹲《うずくま》った。

「コノ街スゴイネ」

と外国人観光客が、スマホを手に感嘆《かんたん》した。

「拳銃ニナイフデ立チ向カウ。人間トハ思エナイ」

気づいた者は他にもいた。

些細《ささい》な口論から、

「野郎」

「ふざけるな」

腰の拳銃に手を——かけるはずが、どちらも手に取ったのは、〝液体ナイフ〟だった。ふり方ひとつで一二の形態に変化する刃物は、ナイフの他に斧《おの》、鋸《のこぎり》、チェーン・ソー、錐《きり》、その他として使用し得る恐るべき凶器であった。

止めにも入れぬ殺気に為《な》す術《すべ》もなく立ちすくんでいる同僚たちも、つい、

「止めるぞ」

「よっしゃ」

前へ出ようとするのを、霹靂神《はたたがみ》の轟《とどろ》きが床をぶち抜くや、愕然《がくぜん》と戸口をふり返った。

「何してやがる？　手を見ろ」

と叱咤《しった》したのは、ドレッド・ヘアに花背広——

〝ドラム〟片手の屍刑四郎であった。

殺人課の刑事たちは、叱咤に従《したが》い、眼を剝《む》いた。

「拳銃よりナイフが好きになったらしいな。どういうこった?」

部下を容疑者を見る眼でねめつける屍へ、みな背すじに冷たいものを走らせながら、

「そう言やそうだ」

「何故《なぜ》だろう?」

屍は髪の毛を掻《か》き毟《むし》るように逆立《さかだ》てて、

「止めなきゃ、斬り殺すつもりだったのか〝ジャック〟ども?」

と刑事たちを罵《ののし》ってから、

「しかし、おれも〝ドラム〟を抜く前に、ナイフへ手を伸ばしちまった。何が起こってるんだ、教えてくれよ、ミスター〝ジャック〟」

「入りたまえ」

と空中に浮き出た顔たちに告げると、すぐに一〇人の医師たちが入室して来た。院長室ではなく平凡な診療室である。

「どうしたね?」

メフィストもはじめて見るこわばった表情のひとつが、さらに暗く沈んで、

「執刀《しっとう》を辞退させてください」

と告げた。他の顔たちも一斉にうなずいた。

「一応理由を訊《き》こうか」

「恐怖です」

打って返すがごときひとことである。間を置かずに続いた。

「不安ではありません。ここにいる全員が、患者を切り刻《きざ》む欲望を抱《いだ》いてしまい、それを抑《おさ》えることができないのです」

「我々の技術はすべて、オペレーション・マシンにインプットしてあります。充分に凌《しの》げると思います
——どうか、外してください」

「承知した」

メフィストはにべもなく応じた。

どのように理不尽《りふじん》な要求でも、この白い院長は拒《こば》まない。いつの間にかすべてを理解しているからだ
――こうわかっている医師たちの顔にも、安堵《あんど》の色が流れた。

「ただし」

とメフィストは続け、別の色を浮かばせた。

「全員を隔離する。君たちのみではなく、刃物を操《あやつ》るすべてのスタッフもだ」

ふたたびの安堵が、医師たちを巡《めぐ》った。

「それは処置済みです。我々自身の病棟も」

「――ですが、院長」

と二人目の医師が言った。

「それで済む問題でしょうか？　我々の他にも――」

「その通りだ。その原因もわかっている。すべての悲劇は原因《もと》を断《た》てば終焉《しゅうえん》する。だが、それ故《ゆえ》の結果は、誰にもわからん」

沈黙の僕《しもべ》と化した医師たちへ、

「望みはただひとりの〈区民〉にかかっている」

と告げた。

希望のかけらもない口調であった。代わりに絶望も――ない。

「それを待とう」


メフィストは口にしなかったが、それは一種の「感染源」と呼ぶべきものであった。

細菌によらぬ無際限の広がり。宗教がそれを成《な》し遂《と》げて来た。「教え」が「意志」が。或いは「主義」というべきものが。

時に――

「呪《のろ》い」が。

それはいま〈魔界都市〉を覆《おお》い、人々の精神を侵蝕《しんしょく》し、何かを成し遂げようとしていた。解答を明かしてしまえば、明らかに「意志」であった。

ただ――何者の？

携帯の着信音がちどりを眼醒《めざ》めさせた。神経は限界まで張りつめている。午後六時――世界は眠りの真《ま》っ只中《ただなか》にある。〈歌舞伎町〉のカプセル・ホテルの一室であった。

〈新宿警察〉での形だけの尋問《じんもん》を終え、せつらと鋼海ともども夕刻には釈放されたが、ひとりになりたいと申し出たら、あっさりとOKが出た。

「ただし、彼から連絡があったら、すぐに知らせること」

およそ緊張感を欠いたせつらの要求であった。鋼海はせつらの家に泊まるという。

「もしも、人が斬りたくなったら?」

最も肝心《かんじん》なことを訊いた。

「ナイフを出してごらん」

釈放時に返却された品を腰のケースから抜こうとした瞬間に、手は動かなくなった。

「左手も同じ」

のんびりと伝える美しい若者が、これほど得体《えたい》の知れぬ怪物のように見えたことはない。

ちどりはそっとうなずいた。

そういえば、釈放時にも条件ひとつつけられなかった。せつらの工作であろう。

携帯を取る手に邪魔は入らなかった。

「ふむふむ」

ひと口ごとに、鋼海はこう口にしてうなずいた。

「俗世《ぞくせ》に留《とど》まると、かように美味なものを口にできる。時折羨《うらや》ましくなる」

カウンターの向こうでマスターとママがせつらを見ないように苦笑を浮かべている。

せつらの家の近くの喫茶店であった。鋼海の食事は特製のステーキのサンドだ。分厚《ぶあつ》いライ麦パンにはさまれたレアの牛肉とレタス、トマト、唐辛子《とうがらし》の間から、肉汁が皿の上にしたたり落ちて、はねをとばす。

「お坊さんが肉をレアで召し上がっていいんです

か？」

　あまりの食いっぷりのよさに感動したらしいママが訊くと、

「今はそういう時代ではない。牛豚羊《うしぶたひつじ》——何ならナイル・ワニだって、口にするのが、現代というものじゃ」

「はあ」

　隣のテーブルでは、せつらが黙々《もくもく》とエビバーガーを口にし、ソーダ水を飲《や》っている。鋼海の口上《こうじょう》も耳に入らぬようだ。同じテーブルにつかないのは、耳障《みみざわ》りだからだろう。

「雲水《うんすい》さんって修行僧《しゅぎょうそう》ですよね。失礼ですが、収入とかはどうなってるんですか？」

　これはマスターである。

「ふむ、喜捨《きしゃ》じゃな。これは永久に変わるまい」

「どこかのお店や家の前で念仏《ねんぶつ》を唱《とな》えて、念仏代を貰《もら》うあれ？」

「まあそうじゃ」

「またまた失礼ですが、大した額じゃないんでしょう？」

「それがだな」

　鋼海は笑顔になって、片手をひょいとふった。

「世の中、奇特《きとく》な衆生《しゅじょう》がいるものでな。念仏ひとつでひと月はホテル暮らしができるほどのご喜捨をしてくださることもある。後家《ごけ》——失礼、未亡人が今夜ひと晩と言っておきながら、ひと月でもいてください、その代わり、と拙僧《せっそう》の股間に手を伸ばして来たことも度々《たびたび》じゃ。いやあ、よく御仏《みほとけ》の道を歩《あゆ》み続けられたものじゃよ」

「修行の邪魔なんじゃないんですか？」

　マスターの口もとは、この生臭坊主《なまぐさぼうず》というふうに歪《ゆが》んでいる。

「そもそもさような女色《にょしょく》に首まで浸《つ》かっておっては、今回の事件で、あの娘に取り憑《つ》いたものに気づくこともなかったであろう。いや、我ながら、よくぞここまで我が身を高からしめたものよ」

ふぉっふぉっふぉっと快笑《かいしょう》する隣で、せつらが携帯を手にした。

「はい」

と応じてすぐ、耳から遠ざけ、じっと見つめている。

「どうした?」

鋼海が訊いた。

「水名間さんからだ。出たら切れた」

「ふうむ、悪党に捕われ、何とか連絡をつけた時点で、見つかったか?」

「二時間サスペンスの見すぎよ」

とママがマスターにささやいた。

せつらは立ち上がった。

鋼海も後に続いて店を出た。

「相変わらず、いい男ねえ」

ママが疲れ果てたような声を、出て行く後ろ姿に向けて、

「全くだ」

マスターが手にしたナイフを、俎板《まないた》の牛肉に叩《たた》きつけた。ママは長い息を吐いて、

「ああ、一度でいいから、あの綺麗《きれい》な顔をズタズタにしてやりたいわ」

「わかるわかる」

「〈新宿〉中の女はそう思ってるわよ」

ママは恍惚《こうこつ》と眼を光らせた。肉切り包丁のかがやきを映しているのだった。

「危ないかもしれんな」

タクシーに乗ってすぐ、鋼海は前方に眼を据《す》えた。

「わしらは、〝ジャック〟に憑いたものと同じ存在に眼をつけられておる。歩いたほうがいいかもしれんぞ」

「そう言わず」

せつらはのんびりしたものだ。

運転手は無言でハンドルを握っている。

ちどりの居場所は巻きつけた妖糸《ようし》が伝えて来る。

〈青梅《おうめ》街道〉へ出たあたりで、急にタクシーはスピードを落とした。一〇メートルと進まずに停車してしまう。

「何だ、こりゃ？」

運転手が何度かスタートを試み、あきらめて車を降りた。

背後の車はクラクションも鳴らさず追い抜いて行く。

「降りるぞ」

とドアノブに手をかけた鋼海へ、

「待った」

とせつら。眼はぼんやりと運転手を見ている。

タイヤを確かめてから、ボンネットの方へ——その頭が、いきなりなくなった。

2

立ち尽くす胴体に残った首から噴《ふ》き出した血が路面を打ち、通行人がこちらを指さして悲鳴を上げた。

「これは珍しい」

せつらが窓ガラス越しに眼を細めて、倒れる首なし運転手を見つめた。

「何ごとじゃ？」

「〝首狩り鳥〟。滅多《めった》に出ないけど」

「出るぞ」

「はいはい」

左に降りて、せつらはタイヤを調べた。

鮮やかに切り裂かれていた。

「そっちのタイヤは？」

「すっぱりじゃ」

「これはまた」

その頭上で、羽搏《はばた》きと悲鳴が上がるや、急降下して来た翼長一〇メートル近い黒鳥が、十文字に裂かれて、せつらの背後に落ちた。嘴《くちばし》は小さいが、翼の端の爪は約三〇センチ――脇差ほどもあるサイズにふさわしい響きをたてて打ち合わされていた。

続けざまに三羽が撃墜されたとき、パトカーが賑《にぎ》やかにやって来た。

この街の警官らしく、パトカーの天井から身を乗り出して、備え付けの火炎放射器を放射する。一〇〇メートル近く伸びる六〇〇〇度の炎を浴びて、さらに何羽かが落下し、残りは逃亡に移った。

その間に、せつらと鋼海は人混みにまぎれて〈歌舞伎町〉へと急いだ。

「何じゃ、今のは?」

と鋼海が吐き捨てた。悟《さと》りには大分かかりそうな口調だ。

「ただの首狩りならわかる。だが、どいつも全身に異様な衣《ころも》をまとっておったぞ」

「〈新宿〉の妖物《ようぶつ》」

「どうしてそれが?」

「〝ジャック〟の妖気は感染する。そうすれば、いつかは、観光客も含めた〈新宿区民〉全員が殺人鬼に化ける。〈区外〉との戦いになれば〈新宿〉の崩壊までいきかねない」

「それを防ぐための〈魔界〉の出動か。じゃが、なぜ我々が狙《ねら》われる?」

「感染してるから」

鋼海は沈黙した。

「つまり、我々は〝ジャック〟と一脈通じていると」

「仲間仲間」

せつらは明確である。

「早いとこ、始末しないと、危《やば》い」

せつらが前方へ顎《あご》をしゃくった。

集団がやって来る。コート姿にジーンズ、セーター、ダッフル、ダウン――年齢国籍は別々だが、共通項はひとつ――手の刃物だ。

「ナイフ、包丁、日本刀か」

鋼海が溜息《ためいき》をついた。ついでに錫杖《しやくじよう》もついた。じゃらんと鳴る音に、どんな修行の力がこもっているのか、人々の面貌《めんぼう》から、殺気が消滅した。

「南無不動明王《なむふどうみようおう》――御力《おんちから》与えたまえ」

彼は吽《うん》と放った。
五、六メートルにまで迫っていた一群が、全員のけぞるとは。
「やるなあ」

せつらの声に嘘《うそ》はなかった。

「第一陣は片づいた。しかし」

見よ、後ろからも刃物を手にした大群が、まるで時代劇の合戦シーンのように押し寄せて来るではないか。通りに面した小路《こみち》からも虫の群れのように。

クラクションと急ブレーキの響きが〈青梅街道〉を満たした。反対側の通行人が、これも信号無視で押し寄せて来たのである。


「ふーむ、厄介《やつかい》じゃのお」

と、それでも錫杖を構え直す鋼海へ、

「とりあえず、脱出する」

とせつら。内容の割には、ぼんやり声である。

「どうするのかの?」

凶気に満ちた顔とふりかぶったナイフまで二メートルしかない。

すべてが沈んだ。

二人が舞い上がったのだ。

「こここれは?」

さすがに眼を剝く鋼海へ、

「〝新宿遊覧飛行会社〟」

とせつらは言ってのけた。

左右はビルの列――二人は〈青梅街道〉のど真ん中を飛行中であった。

「ワン・フライト一〇万円」

と鋼海へ片手を突きつける。

「冗談じゃろうな」

「ガソリン代」

「ささやかなお布施《ふせ》によって生きている身に何をぬかす」

「ひと月ホテル暮らし、股間に手」

「耳ざとい奴め――死に方に気ィつけい」

〈大ガード〉を眼下に越えて、二人は〈ドン・キホーテ〉の前の舗道《ほどう》へ、

「うおお」

唸《うな》りをたてて落下し、音もなく着地してのけた。

周《まわ》りの通行人が、きょとんとした眼を向けた。一瞬の超減速の視覚効果が、湧いて出たように見せたのだ。

「少し歩く」

せつらは、〈旧新宿コマ劇場〉へと続く〈セントラルロード〉を下りはじめた。

ちどりのホテルは、〈コマ劇〉の後ろにあった。

「なぜ最初からここへ下りないのじゃ?」

息を切らせる鋼海へ、

「目立ちたがりでね」

「修行が足りんな。一度、鍛《きた》えて進ぜよう」

「真《ま》っ平《ぴら》――」

携帯をかけると、ちどりはすぐにロビーへ現われた。

「いかんな」

ひと目見て、鋼海が眉を寄せた。

「ますます憑依《ひょうい》が深まっておるぞ」

ソファにかけて、三人は会話を交わした。

当然、あの電話の話になり、

「彼からかかって来たのよ」

とちどりは隠さず打ち明けた。

「何と?」

鋼海が重々しく訊いた。

「レッスンを受けろ、と」

「レッスン?」

「稽古《けいこ》」

とせつら。

「わかっとる」

咎めるように応じたが、顔つきからして、本当に知らなかったらしい。

「――で、返事は？」

「OKしたわ。私の望んだことなの」

「もっと強くなりたい？」

「ええ。彼を匿《かくま》ったとき、ナイフの腕を見せてもらったわ。それで――でも、すぐに別れてしまった。今日の電話はとても嬉《うれ》しかったわ」

「これから行く？」

「勿論《もちろん》よ」

「止めねばならぬぞ」

と鋼海が言った。

「わかってるわ」

「どうして、僕に連絡を？」

とせつら。

「わからない」

ちどりは首をふった。乾《かわ》ききった表情であった。


「彼の電話を切ってすぐ、連絡したの。あなたが出る寸前に、とんでもないことをしていると思って切ってしまったけれど、それからずっと胸が重いわ」

「黙って行けばよかった」

「そうね。でも人間、精神《こころ》の中に棲《す》んでるのは、ひとりじゃないのよ」

「………」

「あなたのことを無視したがる私がいて、あなたに救ってもらいたい私もいる」

「救いかの？」

それはわしに言えと言わんばかりに、鋼海が唇を歪めた。

「お坊さんの出番じゃないわ」

「何を言うか、おまえは気づかなくとも、御仏の慈《じ》悲《ひ》の眼は永劫《えいごう》におまえを見捨てはせん。わしはそれを伝えるために、この街へ来たのだ」

「それはどうも」

「どこで？」

とせつらは訊いた。〝ジャック〟との遭遇《そうぐう》地点である。

「〝気球住宅〟よ」

「引っ越しのプロだなあ」

とせつらは慨嘆《がいたん》した。

〈新宿〉の空を彩るバルーン・ハウスは、もともと観測気球から発達したものだ。数年前に、ある業者がワンルーム・マンションをくくりつけたところ、大好評に及び、今では3LDKまで宙に浮かんでいる。契約会社が保有した土地につないでおけば、かなりの風にも揺れず、怪鳥《けちょう》たちの嘴や牙《きば》も及ばないため、生活の場として賃貸や購入する人も多い。

しかし、業者との面談や契約は不可欠だし、保証金もいる。〝ジャック〟のような男が簡単に住みつけるとは思えなかった。

だが、そこにいる、とちどりは言う。

「言ってみます。よかったら、しばらく放っておいてくれると助かるわ」

「いいけど」

せつらがあまりにもあっさりOKしたせいで、鋼海がほおと唸った。

「感謝するわ」

「修業期間は？」

「わからない」

「わかった」

せつらは、これもあっさりと返して、

「もしできたら、適宜《てきぎ》連絡を」

とつけ加えた。

「約束はできないわ」

「オッケ」

ちどりは、せつらの手を握った。思いのこもった握り方であった。

「それじゃ」

小さく告げて背を向けた。

早足で戸口へと歩み去る後ろ姿を、鋼海ひとりが見送った。せつらは宙を仰《あお》いでいた。

「空の上でナイフの修業か。しかし、誰に勝ちたいのであろうか」

　返事はなかった。

　入れ違いに女二人のカップルが入って来た。冬だというのに、合成皮革のコートの下はブラと太腿《ふともも》に食い込むホットパンツしか着ていない。異様に大きくて濃いファッション・グラスをつけている。普通の女たちと娼婦《しょうふ》の区別がつかないのも〈新宿〉の特徴だが、それでもこの二人の素姓《すじょう》は決めかねた。

　係員のいないＡＩカウンターで手続きを済ますと、二人は周囲を見渡し、ゆっくりとせつらに近づいて来た。

　チェックが終わったあたりで分担を決めたらしく、ひとりはせつらに、ひとりは鋼海にと視線を当てている。せつら担当のほうは、ファッション・グラスをかけながらも、もう足取りが酔漢《すいかん》のようだ。

　それでも二人揃《そろ》って、ソファの前へ来ると、大胆に腰をくねらせた。

　ホットパンツが消えて、照明を這《は》わせた尻が現われた。

　少し前から流行《はや》りの〝ヌード・シアター〟という挑発用の衣裳《いしょう》である。衣裳全体がスクリーンになっている――のではなく、スクリーンを着てそこに当人の下のボディを映し出すのである。つまりは劇場でのライブをひとりで賄《まかな》うことになる――〝シアター〟の名前はそのためだ。

「ほほお、これは煽情《せんじょう》」

　鋼海は手を叩いたが、せつらは無反応だ。出がけに自分の顔を鏡に映してみれば、どんな美女が来ても、板に眼鼻がついたとしか思えないだろう。

　二人の眼前で乳首の立った豊満な乳房が震《ふる》え、白い太腿が蛇のように蠢《うごめ》いた。確かに娘たちのパーツなのに、それ自体に淫靡《いんび》な処理でも施《ほどこ》してあるものか、手も足も、あり得ない角度から、せつらと鋼海に絡《から》みついて来たのである。

「片手」

とせつらがささやいた。

娘のひとりが鋼海の唇を吸ってから、ねっとりと舌を入れて来た。

「おお、おお」

と喘《あえ》ぐ雲水衣《うんすいごろも》の前を開いて乳首に舌を這わせたのは、明らかなプロのテクニックであった。

恍惚とソファの背に身をもたせて快楽を貪《むさぼ》る修行僧の喉笛《のどぶえ》へナイフが閃《ひらめ》いた。

「⁉」

その右手をがっしりと角材みたいな手で押さえて、ちらとせつらの方へ視線をとばすと、そっちの娘は凶器をふるう前に、その胸に全身をもたせかけて荒い息を吐いている。

畜生《ちくしょう》ともがく娘の首すじの急所をつまんで失神させてから、

「色男はいいのお」

鋼海は半分嫌みったらしく言った。

すう、とダウンしていた娘の顔が、せつらの眼前へ持ち上がった。ファッション・グラスが、すうと外れた。せつらと眼が合った。もうおしまいである。

「答えてくれないか？」

一も二もなく、はいと応じた。

「なぜ、僕たちを殺す？」

「誰かが命じたんです」

「誰か？」

「誰かです。多分。多分――」

「多分――なに？」

ひどく思いつめた表情が娘の顔に影をつけた。

「――この街」

「正解」

せつらはうなずいた。満足そうな笑《え》みであった。

「あっちもこっちも大変だ」

3

その〝気球住宅〟は正確にいえば〝倉庫〟であった。

家具ひとつない五〇メートル四方の建物は、軽量合金と強化壁材の組み合わせであり、もっぱら、レンタカー会社が利用する。

地上の繋留《けいりゅう》ワイヤに取り付けた簡易エレベーターで地上一〇〇メートルの〝倉庫〟まで二分。

出ると採光を抑えた室内と、人影がちどりを迎えた。

「来たわ」

ちどりは〝ジャック〟の方へ歩き出した。

「髭《ひげ》なしだと、意外に可愛《かわい》いのね」

心底《しんそこ》からの言葉であった。

〝ジャック〟は苦笑もせずに、マフラーを上げた。下は定番の黒いフィッシャーマンズ・コートである。右手にはナイフが光っている。

「覚悟はいいな？　おまえの希望を叶《かな》える代償は死かもしれん」

「望むところよ、あいつに勝てるなら」

ちどりもナイフを抜いた。

ふと、〝ジャック〟が、

「人を斬ったか？」

と訊いた。

「いいえ」

いかついアングロサクソンの顔が、ゆっくりと左右にふられた。

「斬った《リッパー》」

と言った。

「いつ、誰を？」

犯人と名指しされた女の、奇妙な質問であった。

〝ジャック〟が前へ出た。ちどりは右へ廻《まわ》りはじめた。

〝ジャック〟が応じる前に、突きかかった。

喉はフェイント――狙いは心臓。

フェイントは無視して、〝ジャック〟は前進した。

闇の底から屹立《きつりつ》する巨大な山のような姿に圧倒され、ちどりは第二の攻撃が弾《はじ》き返されたとも知らずにナイフをふった。弾かれた。踏み込んでのもう一撃も容赦《ようしゃ》なく返され、自分でも何度目かわからぬ突きも難なく躱《かわ》され、ちどりはその場に倒れた。疲労のあまりバランスを崩したのである。

立ち上がろうとしても、酸素不足の筋肉は動こうとしなかった。肺が求めているのに、入っていかない。このまま窒息死を迎えるのかと思った。

その首すじに冷たい痛みが食い込んだ。

「おまえを裂《リップ》いても構わんのだ。汚れた者よ」

「なら、そうすれば？」

情けないほど息絶《た》え絶《だ》えの嗄《かす》れ声《ごえ》であった。もう死んでいるのかもしれない。

「なぜ切り裂かないの？　なぜ内臓を引きずり出して、テーブルに並べないの？　なぜ私に手を貸そうとするの？」

首すじの痛みが遠ざかった。

「わかるわよ、私」

「…………」

「私はあなたと同じなのよ。あなたに取り憑かれてると最初は思っていたけれど、違うのよ。取り憑いているのは、あなたではなく、一九世紀末のあの街に、あなたを生み出したものたちよ」

呼吸が戻ってきた。

「みんな知ってるのよ。自分はひとりじゃないって。似たようなものが集まって出来ている集合体よ。その中でいちばんトラブルを起こしづらい姿形を外に発信しているだけ。本当は他人より自分のお腹《なか》が裂きたいんでしょ。それができないと、平凡なふりをして一生を送る羽目《はめ》になる。でも、我慢できない場合は――」

頭上で沈黙しているものに、

「――〝切り裂きジャック〟」

と言った。

「汚れた人間を許せないものたちの集まり。でも、私は殺せない。あなたと同類だからよ」

ちどりはゆっくりと上体を起こした。力が戻りつつあった。

〝ジャック〟を見た。

「だから教えて――切り刻むだけじゃなく、一撃で相手を斃《たお》せる技を」

「救われんぞ」

と〝ジャック〟は言った。

「おれの技を身につけたら、おまえは別のものになる。それに一朝一夕《いっちょういっせき》には身につかん技だ」

「つけてみせるわ」

ちどりの声が覚悟を伝えた。それは凶気に支えられていた。

「おまえは何も知らん」

と〝ジャック〟が言った。

「おれがあの暗い街角で娼婦たちを切り刻んだ理由も。それが何を招くかも」

〝ジャック〟は右手を思いきり前方へ伸ばして、刃《やいば》を見つめた。

「おれは何処《どこ》にも受け入れられはせん。あそこだけはと思った倫敦も、おれを追った」

「――でも、この街なら」

「同じだ」

〝ジャック〟はナイフを下ろした。そこに何を見たものか、

「生きるだけならできるとも思った。だが、やはり、呪われた街でさえ、おれを容《い》れようとはしない。その証拠に」

「証拠？」

「時間がない。おまえの時間がな。やれるな？」

「はい」

ちどりは右手をふった。ナイフの刃が風を切った。

せつらと鋼海は、〝ジャック〟の〝気球倉庫〟をつないである隣のビルの喫茶室でソーダ水と日本茶を愉《たの》しんでいた。

ちどりが消えてから三時間が経過している。

「いやあ、この煎餅《せんべい》はイケるのお」

鋼海が感嘆しているのは、日本茶とつけ合わせの袋入りのあられだ。その辺のコンビニでもスーパーでも、五〇袋入りが数百円で手に入る。

「何というか、塩味が拙僧好みだ。このお茶の苦みにぴたりと合う」

せつらのソーダ水は最初の一杯だが、鋼海の手元には、丸めた袋が五つ並んでいる。お茶も五杯目だ。

せつらはいつもの調子で、彼の腹をさし、

「ゴボゴボでは？」

「なんの、これでも山岳修行を積んだ身じゃ。これくらいではビクともせん」

「どーゆー関係が？」

「常に空腹が修行の基礎じゃ。当然、胃は小さく頑丈《がんじょう》になる。日本茶なら三升《さんしょう》、この煎餅なら一〇〇袋はいけるぞ」

「日本茶は升でしょうか？」

言ってから、せつらは薄く笑った。ジョークが決まった、と思ったらしい。

隣の席にいた若いカップルが軽蔑《けいべつ》の笑いをせつらに向けて、すぐにとろけてしまった。

日本茶を運んで来るウエイトレスが、ソーダ水一杯のせつらに怒りの視線を向けないのも同じだ。

「いやあ、美味じゃ美味」

破いた袋の中身をまとめて放り込み、噛《か》み砕《くだ》きもしないで、呑み込んでから、

「来るぞ」

と小さく言い放って、鋼海はお茶の残りを片づけた。

「はーい」

といい加減な返事をして、せつらは鋼海の手もと

に残ったあられのひとつをつまんで口に放り込み、

「美味《うま》い」

と言ったきり、考え込んでしまった。

「何を絶望しとる？　——来るぞ」

「うーむ」

「おい」

立ち上がろうとして、鋼海はしかし、鳩尾《みぞおち》のあたりを押さえた。

凄《すさ》まじい痛みに襲われたのである。

「どうかなさいましたか？」

ウエイトレスが駆け寄って来た。

「離れて」

とせつらが言ったが、例の口調だから急制動はかけられない。

上から覗き込んだ髪の毛を、ぐいと摑《つか》んで、鋼海は立ち上がった。

「これはいかん」

と唸ったのは、彼自身であった。


「ついに歯止めが効かなくなったか。秋くん、わしの両腕を斬り落とせ——でないと、この衝動を抑えられん」

ドアが開いた。

「〈新宿〉の代理が来たぞ」

鋼海にこう言われたのは、手に手に匕首を握りしめたやくざたちであった。

「分かりやすい」

せつらが言うなり、店内に広がった一〇人ほどが、その場に硬直した。

「正直に言うと、僕もまずい」

妖糸を操る若者は正直に告げた。

「ナイフを購入して、バラバラ事件を起こしたい気分が、ますます強まってる——誰？」

最後の問いは、やくざどもに向けられたものだ。

「おれは『博愛《はくあい》興業』だ」

「おれは『新宿輸出協会』の者だ」

三人目が、

「外で肩がぶつかったら、途端に人が刺したくなって。ここへ来たのは、そうしたかったからだ」

あとの連中も、その血走った眼と凶相を見れば言わずもがな。

しかし、次の瞬間、全員がその場に昏倒《こんとう》した。

あっという叫びが上がった。ふと窓の外を見た女性客のひとりであった。

「〝気球《バルーン》〟が飛んでくく!」

「あらら」

これはせつらである。十数個が揺曳《ようえい》している〝気球〟のひとつが、ワイヤを尾のようにぶら下げたまま、ふわりと列を乱したのだ。

見る見る〈早稲田〉方面の闇へと流れて行くそれを、

「危《やば》い」

せつらはのんびりと呻《うめ》いた。

「このゴロツキどもが、天誅《てんちゅう》を加えてやる」

手近な奴に突き立てようとする鋼海をこれも金縛《かなしば》り状態にして運び出し、屋上へと昇った。

妖糸を使って隣のビルの屋上へと着地したときにはもう、〝ジャック〟とちどりの〝気球〟は、小さな点と化していた。

繋留中のワイヤを外した連中は、社のガードマンに逮捕されていた。

「動機は?」

「知らん」

「命令したのは誰だ?」

「わからん」

話にならないやりとりの現場に、せつらと鋼海がとび込んで来た途端、犯人三名が全員血の気を失い、身をそらしてせつらの問いに、

「ただここへ来てワイヤを切り離さなきゃならないと思った」

「依頼人は、途方もなく巨大な何かだよ」

と素直に応じた。一面識《いちめんしき》もない通行人だという。

「おたくらには確か、〝回収部隊〟が?」

せつらの問いに、尋問役の社員は、うっとりと、

「あるとも。すでに回収に向かっている」

せつらたちは、屋上からいきなり入り込んで来た侵入者である。それを怪しむどころか催眠術《さいみんじゅつ》にでもかかったように、問われるままに答えを与えている。同席者たちも恍惚と溶けているばかりだ。

「連絡は何処へ？」

「下の通信課だ」

「担当者に会わせて」


突然の漂流には、二人とも気づいていた。

「レッスンどころではなくなったようだな」

〝ジャック〟は窓に近づいて外を眺《なが》めた。

「この街で空の敵は？」

「山ほどいるわ」

ちどりの返事は明確である。

「総出演かもしれんな」

「そうね」

緊張で重い答えであった。虚空《こくう》は闇から暗夜《あんや》に転じていた。

おびただしい飛翔物《ひしょうぶつ》が四方からやって来るのである。

「武器はなし、か」

〝ジャック〟の慨嘆とともに、鈍《にぶ》い衝撃が建物を揺さぶりはじめた。

〈新宿〉には空の妖物も多い。未確認のものも含めれば優に一〇〇種を超え、地上への襲撃は勿論、空中での戦闘も枚挙《まいきょ》に暇《いとま》がない。

走行中のトラックを鷲掴《わしづか》みして異次元の巣へ拉致《らち》する〝ジャイアント・クロウ〟は、年に数度しか姿を現わさぬ大物だが、乗用車や人間くらいなら、ほとんどが狙いを外さないと、学者たちは断言する。

時折、空中から落ちて来るそれらの死骸《しがい》は、その傷からして、生物同士の戦いの残骸《ざんがい》だし、人骨がばら撒《ま》かれる場合も多い。いわゆる食べ残しだ。

唯一《ゆいいつ》の救いは、絶対数が少ない（らしい）のと、

地上への襲撃が数えるほどしかないことで、大概《たいがい》は警察の武装ヘリの巡航《じゅんこう》で何とかカバーできる。ただし、そのヘリ自体が襲われる場合も少なくなく、住宅密集地へ撃墜された場合も考慮して、ヘリの燃料タンクは、決して引火爆発しないような処置がなされている。

目下《もっか》、〝気球住宅〟は奇蹟《きせき》的に撃墜された記録はないが、襲撃数は数百回を超えるとされる。地上との繋留はそのためだ。

「バルーンの生地は防禦《ぼうぎょ》魔法がかけてあるから大丈夫よ。むしろ、我が家が危ないわ」

窓が黒く染まった。

「下がって」

ちどりの叫びが原因だったかのように、ガラスの表面に厚みを持った亀裂《ひび》が蜘蛛《くも》の巣状に広がった。

第七章　刃《やいば》を渡る風

1

ガラスは砕《くだ》けた。二度目の突きであった。吹き込む風よりも、ガラスの破片から、ちどりは左手をかざして眼を防いだ。

「この街の命《めい》を受けたか」

鉄のかがやきを放つ嘴《くちばし》へ、〝ジャック〟はナイフを叩《たた》きつけた。

鉄の嘴が半《なか》ば断《た》たれてぶら下がるのを、ちどりは見た。

倉庫内を苦鳴《くめい》が埋めた。ちどりが耳をふさぎ、〝ジャック〟ですら凶気の眼を閉じたほどの狂声であった。〝ジャック〟はもう一度ナイフをふるった。

完全に切断された嘴を残して、外のものは引っ込んだ。

「窓を塞《ふさ》がなくちゃ」

「間に合わん」

〝ジャック〟の言葉に応じるかのように、窓の破壊部から、黒い影が潜《もぐ》り込んで来た。

つかえた身体《からだ》を強引にねじ込み、床に落ちると同時に、翼を広げた等身大の爬虫類《はちゆうるい》と化す。下肢《かし》は二足《にそく》歩行の恐竜と酷似《こくじ》しているが、顔はゴーゴンか鬼の面のようだ。最も遠いのは、人間らしい五指を備えた両手だ。これも指には鋭い鉤爪《かぎづめ》がついている。斧《おの》に似た凶器を摑《つか》んでいるところを見ると、機能は人間の手と変わらないらしい。

数は六匹に増えた。

「〝グレムリン〟よ。別名〝空の小悪魔〟。人間をさらったり、斧でヘリやセスナを落とすこともあるわ。目的はただの悪戯《いたずら》半分」

すでに戦いは開始されていた。

三メートルを越えてとびかかって来る斧の下をかいくぐって、〝ジャック〟のナイフが飛ぶ。

そこへ次の二匹が同時に襲いかかり、〝ジャック〟は片方の斧はよけたが、もう片方の斧を左肩に受けた。

　その成果に、にんまりと笑った〝グレムリン〟の顔は、たちまち死と絶望に彩《いろど》られた。ちどりのナイフが脊椎《せきつい》を打ち砕いたのだ。そいつは青い汁となって四散《しさん》した。そのまま後ろも見ずに、返す刃《やいば》で背後へ舞い下りた一匹の喉《のど》を裂いてのけたのは、驚くべき勘《かん》の一閃《いっせん》と言えた。

　それでも敵は〝ジャック〟を狙《ねら》った。一匹をちどりに残して、残り三匹は〝ジャック〟に群がる。

飛翔《ひしょう》する右方二匹へ、〝ジャック〟はナイフを投げた。それは弾丸のように二匹の喉元を貫《つらぬ》き、背後の壁に突き刺さった。

　空中の一匹と睨《にら》み合いながら、ちどりが、

「やるぅ」

　とつぶやいた。

　二人の実力を察した小悪魔も、今度は不用意に跳《と》んで来ない。

「動くな」

　とちどりに命じて前進しようとした〝ジャック〟の身体が床に沈んだ。斧の一撃はそれなりのダメージを与えていたのだ。

「〝ジャック〟⁉」

　気を取られたちどりの頭上へ、もう一匹の斧が躍《おど》った。ちどりは右へとび込みざま、そいつの腹部を一気に切り裂いた。

　そいつが他の仲間と同じく、青い汁の爆発と化したことよりも、ちどりの眼に浮かんだ動揺は、そいつの攻撃が突然、停止したせいであった。

　残る一匹も空中で身をよじっている。両翼は見えないロープで体側《たいそく》に固定されているように見えた。

　窓から銃声が吹き込まれて来た。

　ふり向いたちどりの眼に、〝グレムリン〟を蹴散《けち》らす警察ヘリの機影が見えた。

　そのひとつから人影がとび出たかと思うと、みるみるこちらに近づき、窓から室内へ侵入して来た。

　世にも美しい顔立ちと姿は、そのとんでもない侵入方法でも変わらなかった。

「秋せつら」

「元気で何より」

と美貌《びぼう》の主《ぬし》は、少しもそう思っていないふうに二人を労《ねぎら》ってみせた。

「ミスター〝切り裂きジャック〟——一緒に来てください。おっと、その前に——」

金縛《かなしば》りの〝グレムリン〟へ、

「おまえをここへ派遣したものは？」

そいつは鬼の顔を苦痛に歪《ゆが》めて、

「知……ラ……ン」

と応じた。

「ココニ……イル……者ヲ……殺シタク……ナッタ……ダケダ」

「やっぱり」

せつらは納得した。

そいつを爆発させてから、彼は〝ジャック〟を見つめた。


「〈新宿〉全体が、あなたを狙っている。その前に、付き合ってもらいたい」

「何処《どこ》へだ？」

「ドクター・メフィスト」

「白い医者か？」

「そうそう」

「一度は自分を変えられるかと思ったが、やはり夢だった。去れ。おれはこの街で殺しつづける」

「やれやれ」

せつらはこう漏《も》らしながら、妖糸《ようし》を放った。〝ジャック〟が硬直した瞬間、ちどりのナイフが閃《ひらめ》いて、〝ジャック〟を解放した。

二人に放った妖糸はことごとく切断され、せつらは、

「逃げられないよ」

と声をかけた。

「わかっている」

〝ジャック〟はうなずいた。

「ひとつ訊《き》かせてくれ」

「はい」

「恐るべき糸を使う。何処で習った？」

「一子相伝《いっしそうでん》」

「？」

「親からよ」

ちどりが補足した。

「その技と——」

〝ジャック〟の声に合わせて、がくんと倉庫が傾《かたむ》いた。

三人揃《そろ》って八〇度超の傾斜を滑り落ちていく——途中で宙に浮いた。

「〝気球〟がやられた」

せつらは窓の外を見た。

〝グレムリン〟の一匹が火を噴《ふ》きながら落ちていく。警察ヘリの火炎放射器の仕業《しわざ》だが、敵も一矢《いっし》を報《むく》いたらしい。

傾斜がさらに大きくなった。


「このまま落ちるけど——まあ」

こういう状況で、せつらの口調は、みなを安堵《あんど》させるより、阿呆《あほ》かと思わせてしまう。

「出よう」

言うなり、三人は破損部へ移動していった。せつらは別の妖糸を、警察ヘリに巻きつけたのである。

〝ジャック〟の身体が離脱して、傾斜の下へ落ちて行った。

後を追う妖糸を、彼はナイフをふるって切断した。

「その女を頼む」

「〝ジャック〟!?」

ちどりも刃をふるおうと努めたが、身体は動かなかった。

「あたしも行くわ。あなたの役目はまだ終わっていないのよ！」

「縁があったら会おう」

下方から〝ジャック〟の挨拶《あいさつ》が聞こえた。

せつらと――ちどりの身体が窓外《そうがい》へ吸い出された。

最短の警察ヘリへと移動しながら、せつらとちどりは、石のように地上へと落ちて行く気球と倉庫を見ることができた。

一〇分ほど後、〈矢来町《やらいちょう》〉に落ちている気球と倉庫の残骸《ざんがい》が発見されたが、〝ジャック〟の姿は跡形《あとかた》もなかった。


地上へ降りてすぐ、ちどりは女殺人鬼の容疑者として逮捕された。

「しばらくそうしていたまえ」

とせつらはのんびりと言い放った。

「またすぐ会えるわよ」

こう返して、ちどりは拘引《こういん》された。

せつらへの事情聴取は簡単に済んだ。

取調室を出ようとするところへ、屍がやってきて、〝ジャック〟の失踪《しっそう》を告げた。


「まだ殺しを続けるだろうな」

苦々《にがにが》しげに漏らす〝凍らせ屋〟へ、

「間違いない」

とせつらは保証した。こういう状況でも、これを聞いた連中は気が抜けてしまうのだが、屍は美しい横顔にじろりと憎悪の視線を当てた。

敏感にそれを悟《さと》って、せつらは咳払《せきばら》いをひとつしてから、

「今度は何処に出るか」

「おれたちより、そっちのほうが早く突き止めそうだ。こっちは他に二人もいる」

「女と若いの」

謎の女殺人鬼と四人目の高校生――遠山種彦のことだ。〝ジャック〟を加えて三人の切り裂き魔が〈魔界都市〉を跳梁《ちょうりょう》しているのだ。

「この街らしい」

せつらのひとことは、何と讃辞《さんじ》である。〈新宿〉はもとより妖魔妖物《ようぶつ》が蠢《うごめ》き徘徊《はいかい》する街だ。幅二〇

○メートルの〈亀裂〉が、四方の世界から切り離した瞬間、支配者は人間ではなくなったのだ。
真の住人たちの巻き起こす事件の前に、人間《ひと》は立ちすくむ他はない。人知の及ばぬ世界では異界の論理と法則のみが真実を保証する。

殺人鬼こそ正しい存在なのだ。

屍が窓の方を向いた。

陽《ひ》は高い。

「じきに夜が来るぞ、〝切り裂きジャック〟の夜が」


夜、一〇時PM。屍からせつらへ連絡があった。ちどりが留置場から逃亡したという。

脱出方法は房内の壁を破壊――否《いな》、切り裂いて出来た破壊孔《はかいこう》から逃亡したものである。

「ただし、容疑者は寸鉄《すんてつ》も帯《お》びていない。壁は外から切り裂かれたものだ」

と屍はつけ加えた。


中条綾子《なかじょうあやこ》は、派遣《はけん》先のタクシー会社を、午後十一時半に出た。突発的な残業を要求されたものである。

〝切り裂き魔〟の徘徊は知っていたが、夜の〈新宿〉はそれどころではない魔性《ましょう》の巣窟《そうくつ》だ。私物の護符《ごふ》、小型拳銃の他に、勤め先から借り出した無反動銃をコートのポケットに入れていた。

〈大京町《だいきょうちょう》〉の住宅街へ入ってすぐ、無人の通りを歩くのが、自分だけではないことに、綾子は気がついた。

足下《あしもと》には影が映っている。月と街灯の光がこしらえたものだ。五、六メートル背後に、もうひとつそれがあった。

近づいて来た。ほとんど足音をたてない。スニーカーのようだ。

「二メートル」

と自分の声が告げたとき、綾子はハンドバックを腰だめにしてふり向いた。

「あら⁉」

見覚えのある顔が、目の前で相好《そうごう》を崩《くず》した。アパートの隣の部屋に住むサラリーマンで、秋本《あきもと》という。

「やっぱり中条さんか。残業かな？」

男らしい声に胸を撫《な》で下ろした。

「秋本さんも？」

「ああ。不景気なくせに、仕事だけは後から後から出て来るんだ。この街の夜を考えたら、〈区〉は残業時間のリミットを決めるべきだな」

「同感です」

「ついでに、奥さま用の危険手当もだね」

秋本が顔を寄せて来た。

「駄目よ」

躱《かわ》そうとしたが、顎《あご》が押さえられた。

「駄目よ」

それだけで、綾子は抵抗をやめた。

唇が重なる前に、男は舌を入れてきた。

吸って吸い合い――粘《ねば》っこい吐息と濡《ぬ》れた肉の絡《から》み合う音が通りに溢《あふ》れた。

秋本の手がコートの上から胸を揉《も》みはじめた。

「こんなところで。死霊《しりょう》に眼をつけられたらどうするの？　切り裂き魔だっているのよ」

「裂いてもらうさ。これを」

秋本はコートのボタンを外し、スーツの上から鷲《わし》掴《づか》みにした。右手のアタッシェ・ケースを道に落とす。

「あ」

綾子の身悶《みもだ》えと抵抗が男の欲望をあおりたてた。

異常な状況もあった。

ブラウスもめくられ、ブラもずらされた。

「細いブラだね。ご主人用？」

「そうよ」

不倫の共犯者になることを受け入れてからふた月になる。秋本の頭を自分から豊かな乳房に押しつけて、

「こうやって求めてくる夫のためよ」

「畜生《ちくしょう》」

秋本は右の乳房を思いきり頰《ほお》ばった。すでに硬くなった乳首を舌でねじ倒す。

「ああ」

低く呻《うめ》きながらも、綾子の〈区民〉としての意識は、通りの前方に薄眼を向けさせていた。

一〇メートル以上離れた路地から、ぼんやりと人影がにじみ出た。

近づいて来る——のか。

それも早い。

走り寄って来る！　手にした細長い影が月光に光った。

「〝ジャック〟！」

と叫ぶのが最良のひとことであった。

秋本が綾子を突きとばして、ふり返った。

地上に下ろしたアタッシェ・ケースを摑み上げる。

「来るな！」

と叫んだ。秋本はもう気づいていた。〝ジャック〟が〝ジャック〟ではないことに。眼前に迫る殺人鬼は、髪の長い女であった。青いドレスから月光がしたたった。

2

握りの部分のカバーを親指で撥《は》ね上げ、下の発射ボタンを押す。

アタッシエ・ケースに内蔵された拳銃サイズの超小型短機関銃《SMG》が、隠し銃口から火を噴いた。〈歌舞伎町〉の〝武器屋〟に特別料金を払った特別仕様の〝ガン・ケース〟であった。

三ミリ炸裂《さくれつ》弾の猛射を浴びて、女はのたうち廻《まわ》った。体内に入った瞬間、弾頭に仕込んだミニ爆弾が炸裂する。心臓が吹きとび、肺が四散《しさん》する。腹に開いた穴の向こうに通りの光景が見えた。

「邪魔よ」

秋本を押しのけて、綾子が前へ出た。

ハンドバッグをライフルのように持ち上げるや留め金を右へ廻す。

噴き出したのは、三〇〇〇度に達する炎であった。勤め先で貸与してくれたもうひとつの武器は、火炎放射バッグであった。

右腕は肩から落ち、胸と腹部の右半分を喪失した奇怪な形状の生物は、炎に包まれた。

「やった！」

ハンドバッグを下ろして、綾子は恍惚《こうこつ》とつぶやいた。自分でも意識しなかった功名心《こうみょうしん》に眼が妖しく燃えている。

「〈新宿警察〉にもできなかったことを、おれたちがやったぞ」

興奮を隠せない秋本の、次の言葉はこうだった。

「——どうした？」

彼は綾子を見ていた。

綾子は指を差していた。その手が震《ふる》えている。いや、全身が。

「——生きてるよ」

秋本はふり返りたくなかった。綾子の言う意味はわかっていた。

「——来るよ」

綾子が背を向けて走り出した。

秋本は動かなかった。動けないのではない。何をしても無駄だとわかっていた。

冷たく硬い感触が、背後から首に巻きついた。

次の瞬間——

皮一枚でつながった首をのけぞらせながら、血の噴流の中を秋本が倒れると、すぐ、風を切る音がした。

十数メートル先を走る綾子の背中から心臓を貫いた刃の突出部は二〇センチもあった。

月光の下で、女は声もなく笑った。傷ひとつない全裸の身体は、しばらくの間、ナイフ投げのポーズを崩さずにいた。

ふと、女は姿勢を戻して、右の虚空《こくう》へ眼をやった。

住宅が並んでいた。銃声にも〈区民〉らしく沈黙を守っている。

そちらへ歩き出そうとしたとき、綾子が倒れた方角から、人の声がした。

殺人鬼は風を巻いて、最も近い路地に吸い込まれた。


異常に冴《さ》えた感覚が、人の気配を伝えた。ちどりは跳ね起きた。左手で毛布を引き寄せて前を隠し、右手を枕の脇のナイフにのばす。

指は空《くう》を摑んだ。

「お邪魔」

とのんびりした声が、ドアの方で聞こえた。

気配はひとつだと思ったが、戸口に立つ影は二人分だった。

「よくわかったわね」

疲れを隠せないちどりの声に、

「同じ枝になった林檎《りんご》」

と秋せつらは応じた。ちどりの感覚でも捉《とら》えきれなかった気配の主は、この若者に違いない。

床を叩いた錫杖《しやくじよう》が小さく鳴った。

「どうしてここが？」

ちどりは気になった。これからのこともある。

「情報屋が多い街でね」

とせつらは答えた。〈大京町〉の廃墟《はいきよ》である。

「何の用？」

「〝ジャック〟」

「私は居場所を知らないわよ。留置場から出してくれた後、すぐに別れたわ。ひとことも交わしてない」

「じきに来る。君は彼の直弟子《じきでし》だ」

「因果《いんが》の糸じゃよ」

と鋼海が右手に巻いた数珠《じゆず》を揉んだ。やっと、坊さんらしい言葉を吐いたわね、とちどりは思った。

「そういうあんたたちもでしょ。遅かれ早かれ、彼とは会わなくちゃならないわ。あわてる必要はないんじゃない?」

「このナイフ――血がついてる」

ちどりの凶器をせつらは手にしていた。

「固まり具合からして一時間と少し。何処で何をした?」

「ああ。ここへ来る途中で、アベックの強盗にちょっかい出されたのよ。どっちも片腕を落としてやったけど、死んじゃいないはずよ。敵討《かたきう》ちに来たんじゃないわね?」

せつらがうなずき、その隣で鋼海が、

「いつもその格好で寝るのかの?」

少しおずおずと訊いて、

「そうよ」

ちどりは毛布を臍《へそ》まで下ろした。意外と豊満な乳房が現われ、鋼海は、

「ほほお」

と頭上にハート・マークを点《とも》した。

少しからかってやりたくなった。

わざと手でカバーし、ちどりはうつ伏せになって、剝《む》き出しの尻を高く上げた。

「うほほ」

好色だらけの笑い声をたてる鋼海の網代笠《あじろがさ》の端を摑んで引き下ろし、せつらはこう言った。

「一時間ばかり前に、〈大京町〉の住宅街で帰宅中のOLとリーマンが殺された。手口は〝ジャック〟だが、類似品の可能性もある」

「それであたしのところへ来たわけ? ――でも、違うとは言えないわね。正直に言うと、アベック強盗は、夢だったのかもしれないわ。ひどく疲れていたのよ。OLとリーマン殺しの可能性も絶対ないとは言えないわ」

「うーむ」

鋼海が、ちどりの裸身から眼を離さずに呻いた。

「もしも、私がOLとリーマンを殺したとしたら、ただ殺したかったから?」

「………」

「腕試しをするほどの相手じゃない」

とせつらは、おかしなことを口にした。

「腕試し?」

鋼海が笠を上げて、せつらを見た。さすがにそれなりの修行を積んだらしく、恍惚とはいかない。

「ここへ入る前に、話を聞かせてもらった」

せつらの妖糸は声帯の動きも声による空気の動きも感知しうるのだ。

「修業を積んで斃《たお》すべき相手は誰だ?」

「放《ほ》っといて」

「いいけどね」

せつらはあっさりと言った。実際、ちどりのナイフの腕にもちどり自身にも興味がないのだった。

「だけど、〈新宿〉が狂い出すのは困る。そのうち、大人も子供もナイフを摑んで殺し合いを始める」

「その前に、〝ジャック〟を捕えねばならん」

鋼海の口調も変わった。


翌日。

午前九時。〈新宿警察〉の「押収武器保管室」で異変が生じた。

詐欺《さぎ》担当の係長が、三名の部下とともやって来たのである。

「何事です?」

保管室の担当官は、特殊合金製のドアの向こうで訊いた。会話はマイクを通して行なわれる。

「先月、故買《こばい》犯から押収した武器があったろ。日本刀の正宗《まさむね》だ。見せてくれ」

「なんで詐欺担当が?」

担当官は眉《まゆ》をひそめた。

「見たいのだ。開けろ」

「残念ですが、お断わりします」

「何故《なぜ》だ? 国宝級のひと振りが見たいだけだぞ」

「それが目下《もっか》のところ、全員入室を断われと、署長に言われてます」

「ほう、あのボンクラめ、余計《よけい》な真似《まね》を。開けちまえ」

「ですから、できません」

「ふうむ」

係長は、おいと言ってから、横にのいた。

背後の三人のうちひとりが前へ出た。

担当官はもう気づいていた。

むしろ痩《や》せ型の刑事が、初期型だが、強化骨格をまとっていることに。

ひと息吐《つ》いて、刑事は右の拳《こぶし》をドアに叩きつけた。特殊合金製のドアは、びくともしなかった。

「思い出してください、係長」

と担当官は言った。

「ここは、〈新宿〉でも五本の指に入る頑丈《がんじょう》な空間です。その程度のパワーじゃ震えもしません」

刑事は続けざまにパンチを打ち込んだが、効果はゼロだった。

担当官は肩をすくめた。

「わかりました。それほどご希望なら、特別に許可します。ただし絶対ご内聞《ないぶん》に」

「わかっているとも」

係長は破顔《はがん》した。

モーター音が伝わって、ドアを左へ滑《すべ》らせた。

「こちらへ」

四人は慣れた足取りで保管庫へ向かった。

担当官がカードで鉄のドアを開けた。担当官を押しのけるように四人が入り込んだ。

押収した武器は、まとめてプラスチックのコンテナに放り込まれている。抜かれた弾倉《マガジン》やエネルギー・パック等は別のコンテナ行きだ。刀剣の類《たぐい》はもうひとつ先のスペースだ。

四人は銃器に目もくれず、そこへ入った。

「おお⁉」

「凄《すげ》え」

寝かされた刀剣の中には、いわゆる業物《わざもの》も多い。手にした男たちの眼に危険な光が宿った。

「おい――正宗は何処だ？」

係長がふり返った。その心臓を鈍《にぶ》く光る刀身が背中まで刺し通した。

「これが正宗だ」

と担当官は言った。

「何をする⁉」

身構える部下たちへ、

「どうせ、おれも斬り殺すつもりだったんだろうが。お互い様よ」

言うなり斬りかかった。

何とか受けた刀身は、その部分からへし折られ、頭頂から顔の半ばまで斬られたひとりが即死するや、二人目も刃を鍔元《つばもと》から折られて、一太刀《ひとたち》で即死してしまった。

「正宗と雑刀の差よ」

担当官は哄笑《こうしょう》を放った。

「おれもずっと自分を抑《おさ》えていたんだ。限界のときに、よく来てくれた」

「ああ、確かにお互い様だな」

最後――三人目の部下が頭上から斬りかかった。刀身は無銘《むめい》だが、強化骨格のパワーが担当官を跳びのかせた。

刀身はコンテナの載ったテーブルを縦に両断した。凄《すさ》まじいパワーの爆発に、テーブルが吹っとんで壁にぶつかった。

「いいぞ、いいぞ」

体勢を立て直して担当官は破顔した。

死を生み出す渇望《かつぼう》がその顔をひどく卑《いや》しく見せた。

奇怪な叫びを上げて、彼は真正面から装甲人間にぶつかった。

鉄の指がその胴を捉え、筋肉と内臓ごと握りつぶす前に、担当官は敵の頭部へ正宗の一撃を送った。

凶気と刀身は一体となって、特殊合金のヘッドカバーに半ばまで食い込んだ。

人工腕の握った刀身が、担当官の喉を右から左にかっさばいたのはその刹那《せつな》であった。

派手に噴出する血を浴びながら、詐欺係が戸口の方へ身を翻《ひるがえ》した。胸には〈新宿警察〉全スタッフへの殺戮《さつりく》意欲が燃えていた。

二つの戸口を抜けて廊下へ出た。

コート姿の男が立っていた。

よれよれのコートより、咥《くわ》えた「しんせい」のちびさが詐欺係の眼に灼《や》きついた。

「朽葉さん、あんたは最後にしたかったが、やむを得んな」

強化骨格をまとった男の眼には、愛すべき先輩刑事の立ち姿は、ひどく貧相に見えた。

二トンの地響きをたてて歩き出したとき、朽葉はコートのポケットに入れていた右手を抜いた。手に赤い円筒を摑んでいる。

「対戦車手榴弾《しゅりゅうだん》——署内で使う気か⁉」

「仕方がねえだろ」

朽葉は情けなさそうな表情で右手をふった。足下へ転がって来た円筒を、男は難なく拾い上げた。

「早すぎたぜ。あと二秒」

投げ捨てようとする左手に、コート姿がかじりついた。

宙に浮いた円筒を摑んで強化骨格と生身の胸の間に押し込み、身を捻《ひね》った。

彼が空中にいる間に、戦車を破壊する爆発物はその役目を果たした。

数秒後に駆けつけた保安係たちが見たものは、強化骨格ごと四散した男の肉体と、彼ら目がけて倒れ込んで来た、血まみれの朽葉刑事であった。

四人がかりで受け止め、医療部へ運んだ結果、四十数カ所の骨折を負いながら、生命《いのち》だけは取り止めたことが、判明した。

「いつも五分《ごぶ》と五分《ごぶ》」

救助された際、こう言い残して朽葉は失神した。

ていた。

3

宇戸の様子がおかしいというのは、権藤にもわかっていた。

子分たちがささやき合っている。権藤自身もおかしいと思う。もとから不気味《ぶきみ》な男だとは思っていたが、ここ数日、薄気味悪いことこの上ない。

ボディガードとして抜群なのは変わらずだ。一昨日《おととい》も、敵対組織の放った妖獣を、匕首《あいくち》の一閃で首を落として片づけ、ついでに飼主も始末してしまったし、殺し屋としても、護衛たちに囲まれた二名の敵対幹部を、一瞬のうちに葬《ほうむ》り去った。

この男ならではだと思う。しかし、不安に火が点されると、それは決して消えることのない確実さで、権藤の胸を灼いていくのだった。

事務所内で、一瞬、彼に向けられる視線、出会い頭《がしら》に宇戸とぶつかった子分が悲鳴を上げてへたり込んだ事実、それを近所の病院へ運んだ別の子分たちが、同じ症状を発症して入院せざるを得なくなったこと。

昨日、新しい仕事を命じたとき、権藤の決意は鉄となった。

「ひとりですか?」

と宇戸は眼を細めた。

「ああ、向こうの頭《あたま》だけで充分だ。余計な殺しはいらねえ」

「なら、別の者《もん》にお願いします」

こいつは、何人も殺したいのかと、権藤は身体の芯が震えた。

「ひとりじゃ不足か?」

「ええ」

「いつからだ?」

「え?」

「いつから、そんなに人殺しがしたくなったんだ?」

「ずっと前からですよ。人間みなそうです」

「そんなことがあるか」

　権藤は何かが頭のてっぺんから、べっとりと貼りついているのを感じた。耳の奥で、誰かが字戸の意見に同意している。

「とぼけなさんな――〝ジャック〟が教えてくれたはずだ。彼の時代には、誰も気がつかなかった。今でも〈区外〉ならそうでしょう。だが、〈新宿〉なら別だ。この呪われた街なら、誰もが気がついているはずだ。聞こえませんか、社長。耳の中で、そうだと合わせている声が。あれは、あんたの声ですよ」

「うるせえ、やめろ――それより、殺《や》るのか殺《や》られねえのか？」

「ひとりじゃねえ」

　陰々《いんいん》たる声に、権藤は決断した。

「わかった。じゃあ、奴のガードでも何でも、好きなだけ殺してこい。文句はつけねえ」

「そう来なくちゃ」

　唇を歪める顔に、笑顔のつもりかと、権藤は凍りついた。

「じゃあ頼むぜ」

　権藤はその足で、懇意《こんい》にしている魔道士《まどうし》に連絡を取った。

「承知した。では、その時間に向かわせる」

と返事があった。ようやく、権藤は安堵の溜息《ためいき》をつくことができた。

　電話がかかって来たとき、佐久間隆一《さくまりゅういち》は、自炊《じすい》の夕食を終えたところだった。

「こんな時間に用事かよ」

　ぶつくさ言いながら、放っておき、後で留守電を聞いた。

「えー？　これからかよ。今日はゆっくり風呂に入ろうと思ってたのに」

　いら立ちまぎれに拳でスイッチを叩き切り、佐久間はわざと荒々しく部屋の中を二度廻った。

何とか怒りを収め、部屋を出たのはほぼ一時間後だった。


昨日と違って、重い雲が月も星も隠していた。

「西崎《にしざき》運送」の社長・西崎建吾《けんご》は、〈歌舞伎町〉のバー「バッカス」を午後一〇時に出た。用心棒兼用の社員が六人ついている。

——どいつもおかしな眼付きしやがって
西崎は胸の中で毒づいた。

——今にもそばのホステスに匕首ふるいそうだ。早いとこ帰らねえとな
そういう彼の前を、ミニスカートの娘が二人通り過ぎた途端、猛烈な殺人衝動を覚えた。気がつくと、右手は、今はもう持ち歩いていない匕首の柄《つか》に触《ふ》れていた。

先にガードのひとりが駐車場へ車を出しに行ったが、戻って来ない。

「何してやがんだ、ノロマが。行って来ます」

二メートル近い身体に強化処理を受けた宮津《みやづ》という社員が、重々しくそちらへ向かった。後の連中は反射的に右手を上衣《うわぎ》の内側に滑り込ませている。

来ない。

「おかしいぞ」

「自分が」

と走り出そうとする三人目を、よせと止め、西崎は通りの左右を見廻した。

「タクシーを停《と》めろ!」

と叫んだ。

社員のひとりが、

「——おっ、宮津が!」

闇の奥から巨体が近づいて来た。

「車はどうしたんだ?」

社員が喚《わめ》いた。

全員が立ちすくむそのど真ん中へ、宮津がとび込んだ。

怒号《どごう》と悲鳴が噴き出し、ひとりが宮津の顔に手を当てて押しのけた。首だけを。皮一枚でつながっていた首は、もう出血を止めていた。

悲鳴だけが残った。

宮津の死体を組員たちに突きとばした人影が、彼らの間にとび込むや、刃をふるった。

血は野放図《のほうず》に噴出した。どれも顎骨《がっこつ》を断たれて舗《ほ》道《どう》に落ちた。

「わわわ」

西崎は後じさりながら胸ポケットからハンカチのようなものを抜き取った。端を摑んでひとふりすると、手品のように、長さ三〇センチほどの刃物に化けた。

もとの姿に戻った形状記憶合金の切断具《カッツール》は、それを祝うかのように、闇夜に妖しくかがやいた。

前屈《まえかが》みに身構えた身体は、もはや飽食《ほうしょく》しきった大物とはいえない精悍《せいかん》さを備えていた。

「おれはこれでも、若いころは匕首使いで有名でな。ああ、よく出て来てくれた。ひょっとしたら、てめえを待っていたのかもしれねえ」

舌舐《な》めずりをした。眼は歓喜の血光を放っている。

「さあ、来な」

西崎は手招きした。

敵はまっすぐ——無神経としか思えぬ動きを選んだ。

戦闘圏内に入った刹那、西崎は凶器を横殴《なぐ》りに走らせた。

敵は地面すれすれまで腰を曲げて躱した。計算済みだった。西崎は余力を残して止めた凶器を下からアッパー気味に振った。

それは確かに敵の顎から額《ひたい》までを切り裂いたのである。

噴き出す血よりも刃先から伝わる手応《てごた》えが、西崎をわななかせた。

ひとり殺せた。次は事務所へ戻って、そこにいる社員たちを。

その喉を右から左へずばりと裂いたものがある。

顔面を割ったはずの敵が、元通りの顔で、にっと笑った。

全身の血が喉から流れ出すのを感じながら、西崎はおれも元に戻れると思った。こいつのように傷痕《きずあと》ひとつ残さず、また人を殺せる。

仰向《あおむ》けに倒れてこと切れた西崎を、闇色の顔が見下ろしていた。

はっと右を見た。通行人が周囲を取り囲んでいる。ここは〈歌舞伎町〉だったのだ。

敵はナイフを片手に、〈花園《はなぞの》神社〉の方へ走り去った。


いつもは観光客が参道を埋める名物神社の境内《けいだい》も、冬の夜ともなれば、数名の物好き観光客くらいしかいない。

その連中も、ナイフを手に走り込んで来た男を見た途端に逃げ出してしまい、さして広いとは言えぬ境内には彼だけが立ち尽くすこととなった。

汗はかいておらず、息も乱れてはいない。取り憑《つ》いた魔が一〇人近い死者を生んだ報酬を与えたかのようであった。

だが、走り込んで二秒とたたぬうちに、彼は参道の方をふり向いた。

オーバー姿の男が立っていたのである。殺人者より頭ひとつ小柄で、格闘技なら安全牌《パイ》になること間違いなし。しかし、その全身を殺人者に劣らぬ凶気のオーラが包んでいた。それはこの世のものではなかった。

「はじめまして」

男はおずおずと口にした。

「佐久間と申します。西崎さん殺しの現場から追って来ました。用件はこれです」

オーバーの内側に入れていた右手が、刃渡り三〇センチの肉切り包丁を摑んで抜かれた。

「てめえも〝ジャック〟のひとりか」

殺人鬼の声には同類への親しみが含まれていた。

「おれは宇戸譲治《じょうじ》――察しはついてるが、誰に頼まれた？」

「ご想像のとおりだと思います」

「権藤の野郎――次は自分だとでも思ったのか。ま、そのとおりだがな」

「みな自分が可愛《かわい》いようですね――人間は」

佐久間の声に何を感じたか、宇戸の眼つきが変わった。

「てめえ――妖物か？」

「いいえ。〈大京町〉にある山茶花《さざんか》物産の営業課長ですよ。これはバイト」

すう、と宇戸が滑った。足を動かさず、正《まさ》しく滑り寄ったふうに見えたのである。

両名の間に十文字の光が生じた。

横一文字は宇戸のナイフであり、縦一文字は佐久間の包丁であった。

刃は打ち合わず、二人は左右に跳びのいた。

同時に崩れた。

宇戸の頭頂部から顎まで黒いすじが走るや、それはぱっくり割れて、黒血《こっけつ》の奔流《ほんりゅう》を足下の地面に叩きつけた。

佐久間はやや前傾の姿勢から五体を起こした。首が大きくのけぞり、その切り口から大量の血が噴出した。首は皮一枚でつながっていたのである。

宇戸は片手を斬線《ざんせん》に当てて線上を上下になぞった。傷痕は消滅した。

顔の血を拭《ぬぐ》い、宇戸は立ち尽くす刺客《しかく》に近づいた。

「とどめの一撃で済ますか、〝ジャック〟にならって八つ裂きにするか。どちらが望みだと訊いても、もう答えられまいなあ」

勝ち誇った声に、もうひとつの声が重なった。

「できれば、八つ裂きが好み」

背中にぶら下がった首の放つ声だと、宇戸が気づく前に、佐久間が地を蹴った。

躱す暇《いとま》もなく、営業課長の身体は、殺人鬼に貼りつき、その中に溶け込んだ。

その顔がまた縦に割れた。

彼は右手のナイフを首すじへ当てた。

「裂けば終わりだ」

と言った。声は佐久間のものであった。

「そうすれば、おれはさっさとおまえを離れて、もとの会社員に戻れる」

憑いた妖物の力はまがいものの〝ジャック〟を凌《しの》ぐのか、字戸の手はゆっくりと右へ動いた。

すう、と新しい傷が走った。

死はそこにあった。

参道の方から低いが鋭い一喝《いっかつ》が夜気《やき》を裂いた。

字戸は負った何かを放り出すように、勢いよく上体を曲げた。

黒い塊《かたまり》が数メートル先の石畳にぶつかって、オーバー姿の男になった。

よろめきつつも素早く起き上がった。彼よりも早く、字戸は参道の方を向いている。

三つの影が立っていた。

明らかに考えがまとまらないと、変化する表情ばかりが伝える殺人鬼へ、

「久しぶりね、会えるのを待っていたわ」

とちどりが冷え冷えと言った。

「おまえは――そうか、おまえも〝ジャック〟の……だが、どうしてここが？」

「そちら」

とせつらが、佐久間へ顎をしゃくった。

「あなたの居場所を知りたくて、権藤の電話を盗聴していたら、あなたを始末しろと彼に連絡を取った」

「わしらは〝ジャック〟を待っていたのじゃが、こちらの娘さんがどうしても会って決着をつけたいというので、付き合うことにしたのじゃよ」

「ご苦労なこったな」

宇戸は吐き捨てた。呆《あき》れたような響きは、すぐに恍惚たるそれに化けた。

「おれも、あれで勝ったとは思ってねえ。今、望みを叶《かな》えてやるぜ、お姐《ねえ》ちゃん」

「感謝するわ」

前へ出るちどりへ、

「ちょっと待ってください」

と佐久間があわてて言った。

「彼の始末は、僕の仕事です。邪魔は困ります」

「彼が負けるとは限らない」

とせつらが、血も涙もない内容を口にした。

「勿論《もちろん》です。しかし、僕の見たところ、勝負は五分と五分。決着はまず彼と僕の分を先に――」

「喝」

鋼海の叫びであった。佐久間は吹っとび、後方の石灯籠《いしどうろう》に激突した。

第八章　あの街の闇の彼方《かなた》へ

1

「こちらは拙僧《せっそう》が引き受けよう」

錫杖《しゃくじょう》の先が鐶《かん》の打ち合う響きを奏《かな》でつつ、佐久間を差した。

「うぬの魔力、〝ジャック〟もどきには通用しよったが、わしには通じぬ」

「どうやら、そのようですね」

声だけが残った。

死霊《しりょう》佐久間は、身を翻《ひるがえ》して本殿へと続く石段を駆け上がって行った。

「待て」

と鋼海も後を追った。二人は本殿の横へ廻《まわ》り込んだ。

「仕事相手は消えたわ」

ちどりは立ち尽くす字戸に呼びかけた。

「いよいよ、決着をつけるときがきたわね」

「そうらしい」

字戸は大きく伸びをして、両肩をゆすった。佐久間の影響を追い出すためとウォーミング・アップを兼ねている。

「ひとつ断わっておく」

とせつらが言い出したのを、

「余計な真似《まね》はお断わりよ。私を助けて〝ジャック〟をおびき寄せたいんなら、何もしないで見ているのが一番だわ」

「けど、殺《や》られたら困る」

すばりと言った。口調が口調だから、すぐには感じないが、意味を考えると恐るべき断定であった。

「あたしが敗《ま》けると言いたいの？」

「そう」

「随分《ずいぶん》な言い方ね」

ちどりはナイフを抜いた。

眼の前のやくざの殺し屋——彼を斃《たお》すために、これまで鮮血を浴びてきたのだ。肉を刻《きざ》まれ、尻から犯されてきたのだ。

「悪いがおたくの生命《いのち》は保証される」

せつらのかけたこの声など聞かなかったように宇戸は、ちどりを凝視《ぎょうし》した。

「腕を上げたな――〝女ジャック〟はおまえか？」

「よくわかったわね」

聞く者が聞けば卒倒《そっとう》しかねない会話であった。

「来い」

宇戸は身構えもせずに言った。

「よろしく」

ちどりの声は、むしろ弾《はず》んでいた。

せつらが何を目論《もくろ》んでいるにせよ、死闘が展開し、ひとつの決着はつくはずであった。

男と女――刃《やいば》を介しての血の執念が、寒夜《かんや》の闇を熱くたぎらせはじめていた。

だが、結果が出る前に、

「ここへ入ったぞ」

「よし」

幾《いく》つもの声と足音が、〈靖国通り〉に面した参道の端あたりで入り乱れた。

「邪魔が入ったようだな」

宇戸は〈明治《めいじ》通り〉側のもうひとつの通路の方へ移動しはじめた。

それを追いかけようとしたちどりの身体《からだ》はその場に硬直した。

「この場は逃げよう」

せつらは石段の方へ眼をやった。

「お坊さんは？」


石段を駆け上がった鋼海の眼は、死霊佐久間の後ろ姿を確実に捉《とら》えていた。

それが不意に立ち止まったのである。ちょうど本殿の裏に当たる場所であった。

短いとも言えぬ悲鳴が上がり、後ろ姿は消滅した。

人間社会で会社員として暮らしながら、殺しを請け負う死霊は、凄《すさ》まじい力《パワー》を内在させているものだ。この世に現われたとされる歴史上の亡霊たちが、長期の存続を許されず、ほとんどその場で数秒数分のうちに消えてしまうのを見れば、それがよくわかる。人間に気づかれもせず人間として生きるなどという芸当は、それこそ超妖物《ようぶつ》のものなのだ。その生命を支える力は桁外《けたはず》れに違いない。人間が斃《たお》されるような手段で消えるなどあり得ない。

それが眼の前で死滅した。正《まさ》しく滅亡であった。

その犯人を鋼海は見たいと思った。

それはすぐ叶《かな》えられた。

佐久間の消えた向こうに、無骨な船員コートを着た男が立っていた。

闇に紛《まぎ》れた右手の先から下がる刃を、鋼海は見ることができた。

身を粟立《あわだ》たせる妖気も気にならぬままに、

「〝切り裂きジャック《ジャック・ザ・リッパー》〟」

僧は碑銘《ひめい》を読むようにつぶやいた。

続けて訊《き》いた。

「どうして、ここへ？」

「おれがいた」

「ふうむ。やはり、のお。同じ妖気が滲《にじ》み出ておったわ」

鋼海が言うのは宇戸のことである。

「この妖物を始末したのも、同じ理由か？　似たものは許せん、と」

ぶん、と錫杖を廻して、鋼海は〝ジャック〟の左胸にその先を向けた。

「何たる妖気の主じゃ。ふむ、娼婦《しょうふ》への怨《うら》みを抱《いだ》いた者との説は多かったが、やはりそれか――いや⁉」

はっとする前に、鋼海は眼を閉じて、何やら呪文《じゅもん》らしきものを唱《とな》えていた。それが短時間だが、恐るべき集中力を要した証拠に、彼の全身はあらゆる色を失い、透《す》きとおってさえいたのである。

「おお、見える。あれは――山が火を噴《ふ》いておる。

おお、火と水が入り乱れ、互いを翻弄《ほんろう》し、凶気の名を与えんとしておる。ここは、何処《どこ》だ？　ここは何時《いつ》じゃ？」

　この言葉は、耳を凝《こ》らしても聞こえぬつぶやきであった。

「……もっと……先へ……休むな……時間が溶けておるぞ……ここは……星も闇もない……」

　急に声はすぼみ、また急に噴き出した。

　鋼海が何を眼にしたにせよ、それは時間を翔《か》ける修行僧にしても、はじめて眼にする光景だったに違いない。

「わかったぞ、〝ジャック〟——おまえの身についた呪《のろ》いは——」

　その喉を皮一枚残して裂き、〝ジャック〟はふと耳を澄ませた。足音が駆け上がって来る。

　彼はふり向いて、自らに最もふさわしい世界——闇の中へと歩み去った。


　せつらとちどりが本殿を廻ったとき、鋼海はすでに血の海の主と化していた。妖糸《ようし》で探《さぐ》り、

「死亡」

　せつらは周囲を見廻した。二メートルほど先に黒い灰がこぼれている。

「これは——」

「佐久間の死骸《しがい》じゃ」

　低く細いが、はっきりした声に、ちどりが息を引いた。声の主は鋼海の、のけぞった首であった。

　せつらが軽く右手の指を動かすと、首は傷口に重なった。

「何か？」

　せつらが聞いた。いつもと変わらない口調に、〈区民〉たるちどりも驚きの表情を浮かべた。

「ここにいたのは〝ジャック〟じゃ。秋せつらよ、手を引いたほうがいい」

「どして？」

　灰色の首は勿論《もちろん》、下の身体もとっくに死んでい

る。

「奴に関われば、おぬしも奴の正体に勘《かん》づく。それは恐ろしいことじゃ」

「正体は——何です?」

せつらの口調が少しリアルさを増した。少しは興味があるらしい。

「それは」

また首がのけぞった。血は流れなかった。その代わり、もう動かなかった。

「おしまい」

せつらは立ち上がり、携帯で警察に電話し、鋼海の死を知らせた。それから、妖糸を使って、通りへ舞い下り、〈風林《ふうりん》会館〉方面へ歩き出した。

「〝ジャック〟が来たのは、あなたを求めてだ」

とせつらは言った。

「ただ、理由がわからない」

ちどりはうなずいた。

「多分、私を弟子に選んでくれたのよ」

「弟子ねえ」

「違う? あなたはどう思うの?」

「人捜《さが》し屋」

「どんな仕事でも、想像力がなくちゃできないわ。あなたの頭は、シャーロック・ホームズ並みだと思う」

「ははは」

照れているのかもしれない。こう返した。

「あなたはわかるかな?」

「さっぱり、よ。でも、私は猛烈に彼に引かれるの。ナイフを習いに行くくらいにね」

「なら、〝ジャック〟に訊くしかない」

「無駄よ、いくらあなたでも彼は捕まらないわ」

「そうでもないさ」

「え?」

「僕の考えだけど、彼には時間がないはずだ。そして、君に執着《しゅうちゃく》してる。勘だけど、近くにいるよ」

「え?」

「動くな。歩け」

とせつらは低く命じた。

「後ろに？」

「わからない。今、当たってみる」

この言葉の意味は、どこからともなく滑《すべ》り出す〝探り糸〟である。

二秒と置かず、

「いた」

「何処に？」

ちどりも合わせて無感情な声を出す。

「ついて来る。ただし、方角はわからない」

「え？」

「全部の糸に反応があるんだ」

ちどりは少し沈黙してから、

「鋼海さんが言ってたわ。手を引けって——そのほうがよくない？」

「同感」

「なのに、なぜ〝ジャック〟を？」

「仕事でね」

「途中キャンセルしたことはないの？」

「山ほどある」

「もうひとつ増やすのくらい簡単よ」

「癖《くせ》になると困るんでね」

「今回だけはいいんじゃないの？　相手は歴史を超えた怪物よ」

「いつも怪物だよ」

あっけらかんとした口調に、ちどりは噴き出した。

「そう言えば、そうね」

「はは」

「でも、私と彼を会わせてどっちも捕まえようとしても、上手《うま》くいかないわよ」

「どして？」

「私にはもうひとつやらなきゃならないことがある」

「あの用心棒との決着」

「そ」

「勝てるのかな？」

「五分五分《ごぶごぶ》よ。聞いたでしょ」

「いいや、勝負はついてる。〝ジャック〟は君を死なせやしない」

「邪魔はさせないわ。たとえ〝ジャック〟といえどもね」

「フレーフレー」

本来こんなにふざけた、噛《か》み合わない会話もないだろうが、ちどりは心底嬉《しんそこうれ》しそうな笑みを見せた。

「また習いに行くか」

「修業って言えないの？」

ちどりの苦笑に、通りの右側の寿司《すし》屋から放たれた叫びが加わった。

悲鳴ではない。凶気を声にしたものだ。

ガラス戸をぶち破って、二つの身体が路上にとび出した。板前と客だ。ガラス片の上を転がり廻る右手には、柳葉包丁《やなぎばぼうちょう》とハンティング・ナイフが光っていた。

通行人が離れて輪を作り、寿司屋と他の店からも客たちがそれに加わった。

板前の柳葉包丁が客の喉と心臓を貫《つらぬ》いて戦いは終わった。

悲鳴よりも、昂《たかぶ》りに似た呻《うめ》きと唸《うな》りが重い波のように人垣から生じた。

彼らは明らかに期待していた。次に起こる似たような光景を。

板前が血玉の飛んだ顔を二人に向けた。衣裳《いしょう》の前もズボンも真っ赤だ。

異様な叫びは、獲物に襲いかかる人類の祖先を思わせた。

両足首から下を残して、板前は頭から舗道へ滑り込んだ。

「危《やば》いな」

憮然《ぶぜん》とつぶやいたのは、せつらであった。彼はここまでやるつもりはなかったのだ。

「やりすぎた」

と続けた声に、

「やりすぎだぞ」

「足首を二つとも落とすなんて」

「許せねえ」

周囲が距離を狭《せば》めて来た。ほとんどがナイフや他の刃物を手にしているのに、せつらもちどりの仕業《しわざ》と気づいている。

――また、とび上がって逃げるか
こう思った瞳に、すうと別の思考の色が流れた。

「ちょっと」

ちどりは気づいたらしかった。せつらの腕を摑《つか》んで強くふった。

反応はない。

「皆殺しをやらかす前に逃げるわよ」

声をかけても動かない。危険なものが、せつらを蝕《むしば》んでいるのだった。

「しっかりして」

もう一度ゆすったとき、四方から人の波が押し寄せて来た。

それが千人万人でも、せつらの妖糸はことごとくその身を二つに断《た》つだろう。

せつらの眼が光を放った。

血光を。

それを止めたのは、

「よしたまえ」

と、彼ではなく人々にかけられた声であった。

人の輪は左右に開き、その彼方《かなた》に白い影が妖《あや》しく揺れていた。

ドクター・メフィスト――〈魔界医師〉がやって来たのだった。

2

「ドクター・メフィスト――初めて本物を見たわ」

ちどりの声は恍惚《こうこつ》の霧に包まれていた。

「行きたまえ」

こう告げた相手は、二人以外の人々だ。彼は右手を左右に振った。

十戒《じっかい》を手にした老人に報《むく》いるべく開いた紅海《こうかい》のように、人々はみるみる何処かへと散って行った。

「車を待たせてある——乗りたまえ」

それは、せつらたちに放った言葉ではなかった。

二人はふり返った。

人々が去った路上に、〝ジャック〟が無造作《むぞうさ》に立っていた。

「ドクター・メフィスト、おれの依頼を？」

メフィストはうなずいた。

「この国の坊主も、どうやってかそれを解いたらしい。余計なことだと始末してしまったが、奴もおれの望むものを摑みかけていた」

「来たまえ——我が病院で話そう」

「その前に、やっておかねばならないことがある」

「ほう」

〝ジャック〟はちどりを見た。

ちどりはうなずいた。

「あと一日、猶予《ゆうよ》を貰《もら》いたい」

と〝ジャック〟はメフィストに言った。

「理由は知らんが、私の用が済んでからではまずいのかね？」

「おれの依頼を叶えてくれたなら、それを知ってすぐ、おれは消えてしまうだろう」

「わかるのかね？」

「自分の運命の最後だけは、誰でも知ることができる——神の配剤だ」

「君の口から神の名が出るとはな」

ひょっとしたら、白い医師は苦笑を浮かべたのかもしれない。

「おれはあの年、あの濃霧と煤煙《すす》の街の通りで、娼婦どもを切り刻んだ。世人《せじん》は娼婦どもの汚《けが》らわしさが許せない異常者の仕業と推測し、また、娼婦どもの病いを得て亡くなった子供の親の所業と言っていた。遺体の中身を取り出していることから、錯乱した食肉業者の名を挙《あ》げる者もいた。だが、違う。おれにナイフをふるわせたものは、そのような現世《げんせ》の知恵で解決できる何かではないのだ。それだけがおれにわかる唯一《ゆいいつ》のことだ。なぜだ、とおれは問い続けた。冬の闇に紛《まぎ》れて女に近づきながら、白い喉を一気に切り裂きながら、抜き取った腸を、女の首に巻きつけながら、おれは問うていた。あの時代、不慮《ふりょ》の事故で死ななければ、おれはさらに殺戮《さつりく》を繰り返していただろう。自分では何ひとつその理由《わけ》を知らぬまま」

〝ジャック〟はメフィストを指さした。

「ふたたび甦《よみがえ》っても、おれの問いが変わることもなかった。新たな殺しの場所がここだと知って、おれは期待を抱いた。以前の街とよく似ながら、万倍も妖気に満ちたこの街ならば、おれの解けぬ謎を解決できるのではないかと、な。そして、おまえの噂《うわさ》をきいたとき、おれはついに見つけたのだ。長い長い間、おれを捕えて離さぬ凶気の正体を喝破《かっぱ》し得る人間がここにいる、と。何処へでも行くぞ、メフィスト。だが――」

声が沈んだ。

「だが、何故《なぜ》、その娘にそれほど執着する、か?」

メフィストの声は逆に力を帯びた。

「遺憾《いかん》ながら、それはなお不明だ。そのためにも当院へ戻ってもらいたい」

〝ジャック〟は返事をしなかった。一〇〇余年前に生じた問いは、なおもこの殺人鬼の全身を黒い炎で焼きながら、そこから発する同色の霧に答えを見つけ出せずにいるのだった。

〝ジャック〟の視線はちどりを射《い》た。

「どうする?」

「あなたの好きになさい」

〝ジャック〟はうなずいた。メフィストを見て言った。

「待て」

「断わる」

とメフィストは返した。

「この場から連れて行く。脱走患者を放置はできん。それに――」

「それに?」

「私も君も理解できぬもうひとつの力が、発動しかねんし、もうしつつあるような気もする。このまま来てもらおう」

「行くぞ!」

不意に〝ジャック〟が叫んで、走った。

メフィストの方でもせつらでもなく、右方の小さな風俗店へ。

ちどりは後を追う。

せつらが、

「あれ?」

と漏《も》らした。

二人に巻いてあった妖糸が反応を失ったのである。


悲鳴がまとめて上がった。

先にせつら、メフィストの順でとび込んだ。

受付係が立ちすくみ、入ってすぐの戸口の前に、用心棒らしい男が倒れていた。首の下から血の波が広がっていく。

戸口へ走った。ドアはひとりでに開いた。

せつらが息をひとつ吐いた。

全裸に近い女性や客たちが、あたり構わず倒れている。床はすでに血の海だ。

そこに浸《つか》ったらしい足音が二つ、小さな舞台に駆け上がっていた。

舞台の壁は縦横二メートルに亘《わた》って切り裂かれていた。後ろはコンクリの壁である。

「どうやって」

せつらが小さくつぶやいた。

〝ジャック〟のナイフの切れ味は、ちどりを救出した時点で承知の上だが、せつらたちが急追《きゅうつい》するまで二秒とたっていない。その間の作業とすれば、

「二〇センチのコンクリを一秒かけずに切り抜いた」

「役に立たん男だな」

メフィストは、右手を耳に当てた。

「待機させていた無音ヘリや透明パトカーの目もくらましたそうだ」

「用意のいいことで」

せつらの返事に、メフィストは彼を見つめた。怒ったのではない。

「意味ありげだね」

「ふっふっふ」

せつらは店の出入口へ歩き出した。

戸口からメフィスト病院の救命隊員が、救命装置を手に駆け込んで来た。

「呼んでおいた?」

「左様《さよう》」

「念の入ったことで」

「ところで、〝ジャック〟とあの娘の行く先は?」

「よくわかったな」

「他に思わせぶりをする理由があるかね?」

「はいはい」

外へ出て、せつらはある方角へ眼を据《す》えた。

「訊いてないけど——高所恐怖症?」

「少々」

「なら後から」

「お伴《とも》しよう」

「うえ」

それこそ上であった。

一秒とたたず、二人の身体は宙に浮いていた。

目的地は〈神楽坂〉であった。

不法侵入者に対する防禦策《ぼうぎょさく》は、〈新宿〉の料亭なら五つや六つは用意してある。

だが、この世にあらざる美貌《びぼう》という名の敵には、すべてが無意味であった。

仲居《なかい》も番頭も板前も恍惚と立ちすくむ中を、秋せつらは同じく酩酊《めいてい》状態の女将《おかみ》にある客の名前を告げて、その部屋へ乗り込んだ。

「誰だ、てめえは⁉」

と身構えた組員たちの気迫も甘い霧に包まれてしまい、ドクター・メフィストの姿を見るや、完全にお手上げ状態に陥《おちい》った。彼らのほぼ全員が、病院の世話になっていたのである。

黒白《こくびゃく》の美影は、会長の権藤を頭上から睥睨《へいげい》した。

「何の――用だ？」

虚《うつ》ろさが恐怖も怒りも呑《の》み込んでしまった声で権藤は訊いた。

「じき、あんたを狙って宇戸がやって来る」

とせつらは言った。

権藤は一発で血の気を失った。

「あんたの子飼いを、あんたは裏切った。裏切られた奴の復讐《ふくしゅう》は怖いぞ」

それは十二分に心得ていると見え、権藤の息はたちまち獣の鼻息みたいに変わった。

「どうして、ここに来るとわかる？　いや、その前に、あんたたちは、どうやってここを見つけたんだ」

「事務所で訊いたのさ」

普通、親分の居場所を見ず知らずの人間に教える組はない。だが、この二人なら、と権藤は納得してしまった。片方はドクター・メフィストなのだ。恐らく、宇戸も同じ方法でやって来るだろう。

「あんたたち――何をしに来たんだ？　わざわざ、おかしなナイフ遣《つか》いのことを教えに来たんじゃねえだろう」

「正直、あんたに用はない」

せつらは、冬の料亭の一室を吹き抜けた春風のように言った。場違いもいいところだ。

「宇戸を求めて、ある女性が来る。彼女を求めて〝ジャック〟がやって来る。宇戸があんたを殺して捕まっては、手間がかかるんだ」

「ド、ドクター、あんたも仲間か？」

「私は患者を捜しに来ただけだ」

「患者？」

権藤がきょとんと宙を仰《あお》いで——たちまち呑み込んだらしく、凄《すご》みを利《き》かせるために手術で細くしてある両眼を、かっと見開いた。

「まさか——あいつはあんたの……」

「どうだね？」

とメフィストはせつらに訊いた。

「今、店の外にいる。彼女だけだ」

ちどりのことだろう。

「本命は？」

「何処かに隠れて愛弟子《まなでし》の戦いを見物しているんだろ。必要とあれば、すぐおびき出せる」

「結構だ」

「しかし、捕えるのは難しい」

「依頼者にそう言えるのかね？」

「内輪内輪《うちわうちわ》」

だが、メフィストの指摘は正に的を射ていた。いま眼の前に〝ジャック〟が現われたら、せつらは為《な》す術《すべ》がないのでは。

ならば、メフィストなら？　いや、こちらもわからない。せつらともども、眼前からの〝ジャック〟の逃亡を許しているのだ。

一九世紀倫敦の闇からやって来た男の前に敗北の砂を嚙むのか、美しき魔人たちよ。

「おや」

せつらが眼を大きく開いた。

「来たかね？」

「ああ」

権藤が血の気を失った。

「お、おい……」

「嘘《うそ》だよ」

せつらがヌケヌケと言った。

「な、なんだって？　この——おれを騙《だま》しやがったのか⁉」

「そ」

「糞《くそ》めが。舐《な》めやがって」

彼は続けて、メフィストに叫んだ。

「ド、ドクター、お連れだが、ここまでコケにされちゃあ黙っていられねえ。ちょっとの間、眼をつぶっててください」

「よろしい」

静かな返事に、せつらが肩をすくめた。

権藤は左の耳をひとつ叩《たた》いて、非常ボタンを押した。

仕切りの襖《ふすま》が開いて、子分たちが飛び出して来た。隣室に待機していたのだ。

「よしたまえ」

メフィストが言った。相手はせつらである。

「あーあ」

せつらはつまらなそうに言った。

「で?」

と権藤に小首《こくび》を傾《かし》げる。激怒がやくざの顔を赤く染めた。

「殺《や》っちまえ!」

子分たちはためらった。

「ドクターなら、見て見ぬふりをしてくださるそうだ。遠慮なくかかれ」

子分たちは匕首《あいくち》を抜き放ってせつらに突っかけた。拳銃を使う者はひとりもいない。

いつもなら、全員の首がとび、腕と足が宙を飛ぶ血の修羅場《しゅらば》が出現したであろう。

しかし、子分たちは全員宙をとび、前転し、頭から畳と天井に突っ込んだ。障子《しょうじ》をぶち抜いて廊下へ激突する奴もいれば、庭まで飛び出し、石灯籠《いしどうろう》で頭を割る奴も続出した。

「お見事だ」

メフィストは満足そうに言った。

「どーも」

せつらは大きく息を吐いた。疲れたのではない。内に湧き上がった衝動――切り裂き衝動《リッピング》を吐き出したのである。

「てめえは」

息も絶え絶えのこのひとことで、二人は権藤のことを思い出した。

「てめえは……何者だ？」

「来ると思うかね？」

メフィストが倒れた子分たちを一望してからせつらに訊いた。権藤のことなど忘れ果てている。

「もう気がついてる。騒ぎすぎた。来ない」

とせつら。メフィストはあっけらかんと、

「では、引き上げるとするか。もう少し落ち着きが必要だね。いい安定剤がある。これから取りに来るといい」

「ああ」

二人は権藤のことなど忘れたように廊下へ出た。

3

権藤が料亭を出たのは、一〇分後であった。店が呼ぶ前に駆けつけた——メフィストは予測していたのだろう——〈救命車〉に子分たちを収容するのに玄関がつぶれていたため、ベンツを駐《と》めてある裏の駐車場へ赴《おもむ》いた。

子分はいないので、新しいのが来るまでお待ちなさいと女将は止めたが、メフィストとせつらのやりとりに震《ふる》え上がった権藤は耳も貸さなかった。車内に待機していた運転手だけは無事だ。

二〇分とかからず、〈早稲田〉の妾宅《しょうたく》に到着した。

愛人の三津間八重子《みつまやえこ》に与えた一軒家には、事務所から組員が出向くよう、車内から連絡をつけてある。

玄関の前に二人いた。

車を降りて訊くと、あと六人が周囲を囲み、残る三人が女といるという。

この極秘の家で、字戸への対策を練るつもりだった。

権藤は居間で女とグラスを交わした。たちまちウイスキーのボトルを半分空けた権藤を、女は不気味《ぶきみ》そうに見つめた。

権藤は女を床に横たえて挑《いど》んだ。

「ちょっと、聞こえるわよ」

裸に剝《む》かれながら、女はささやいた。

「構やしねえ。何なら見せてやるか？」

「莫迦《ばか》」

困惑しながらも、女はすぐに燃えはじめた。学生時代、水泳で鍛《きた》えたという肩幅の広い身体を、権藤は気に入っていた。

丹念に全身を舐め廻してから尻を責めはじめた。ためらいもなく歓喜の声を上げる女の髪を摑んでのけぞらせ、

「子分に見せて、と言え」

と命じる。

「みんなに見せて」

女はすぐに合わせた。

「すぐに――来て。あたしがお尻から犯されているところを見て」

権藤が呆《あき》れるくらい、大きな声をふり絞った。突かれるたびに、絨毯《じゅうたん》に爪を立て、激しい喘《あえ》ぎを噴き上げる。

ついに権藤は叫んだ。

「来い、みんな来い」

返事はなかった。

背すじを冷たいものが走った。女の中のものが、みるみる萎縮《いしゅく》していく。

「やめないで」

女が虚ろな声で訴えると同時に、廊下に面したドアが開いた。

入って来たのは、長い髪に青いワンピースを着た女であった。手にした肉切り包丁は血にまみれていた。

「て、てめえは⁉」

困惑が権藤に凶気を招いた。

「出てけ。こっちはいいところなんだ」

女は悠々《ゆうゆう》と近づいて来た。

「みな、出て来い！　何してやがる⁉」

無駄なことはわかっていた。女の手の包丁が、始末をつけてしまったのだ。

「てめえ——誰だ？　字戸の仲間か⁉」

返事はなしで、女は地を蹴《け》った。

「わわっ⁉」

と下の女を上に廻したのは、やはり血も涙もないやくざのやり方だ。

ふり下ろした刃は、女の背中に——食い込む前に別の軌道を描いた。

花火のような火花を散らせて、女殺人鬼は、ソファの向こうに舞い下りた。

後から窓を突き破って躍《おど》り込んで来た影が、ハンティング・ナイフを打ち合わせたのである。信じ難い動きであったし、それが女と知って、殺人鬼も権藤も眼を剥いた。

「ちどり⁉」

そのかたわらに着地してナイフを構えた女は、権藤の方を見もせずに、ドアの方へ顎《あご》をしゃくった。

「早く」

「お、おお」

服も摑まず走り出す権藤の後を、

「卑怯者《ひきょうもの》⁉」

と絶叫しながらこれも全裸の八重子が追う。こちらは着物を手にしているのが、さすがだ。

「雇い主を殺すときくらい、素顔をさらしたらどう？」

ちどりが鋭く問いかけた。権藤が足を止めてふり向いた。女殺人鬼はその脇を抜けて廊下へとび出た。

「バレたか」

長い髪の下から漏れたのは、男の声であった。

「てめえ——字戸だな⁉」

前髪が上がった。用心棒兼殺し屋の顔が現われた。

「あなたのせいで、殺人事件の容疑者にされたわ――この変質者」

「〝ジャック〟」

と宇戸は言った。ちどりと権藤の視線が集中する。

「おれにはわかるんだ。おれの狂言じみた服装《なり》もやり口も、全部あいつのせいだということがな」

宇戸は手のナイフを自分の頸部《けいぶ》に押し当てた。

「〝ジャック〟が望んでいるのは、自分の花嫁だ」

「花嫁⁉」

二人は声を揃《そろ》えて叫んだ。

「〝ジャック〟はおれたちなど想像もつかぬ悪の塊《かたまり》だ。おれはそう見ている。彼が狙ったのは娼婦ばかりだった。だが、それは殺し易《やす》かっただけで、本当は女なら誰でもよかったのじゃないか。たった五人で終わったのは、そうせざるを得ない何らかの事情があったんだ。おれはずっと前――子供の頃に〝ジャック〟とその犯罪を知ってから、何かが足りないと思いこんで来た。素晴らしい、おれの血を沸騰《ふっとう》させるような大快挙だ。だが、それは挫折《ざせつ》を余儀《よぎ》なくされた。おれは本能的にこう感じた。いつか〝ジャック〟は戻って来る。そのときは女以外――男を狙うだろうと。だが、彼はやはり女ばかりをターゲットにしている。彼は男を殺せねえのか。それは彼の本来の意図とも反するはずだ。おれはそれを埋めるべく今の道を選んだのだ。おれを賞賛しろ、ジャック・ザ・リッパーよ！」

「そうはいかん」

陰々《いんいん》たる声が、宇戸の動きのみか、声まで凍結させた。

いつの間にかちどりの背後に立つ人影に、宇戸は身震いした。

「讃《たた》える相手はまだいない。そして、おまえは永久に、それにはなれはしない」

「――ですって」

ちどりの口元には、言葉に似合う苦笑よりも哀《かな》しみが強かった。

「いらっしゃい——決着の場へ」

「ここじゃねえのか?」

「生命のやり取りくらい、劇的な場所でしたくない?」

宇戸は疑念と殺意の目から、前者を消して、ナイフを収めた。

「わかった、行こう」


三人が消えてから、権藤は腹が立って来た。彼らは権藤に一瞥《いちべつ》もくれずに部屋を出て行ったのだ。

「この街にいる限り、必ず見つけ出して、八つ裂きにしてやるぜ」

怒りのあまり、彼はドアが開いたのに気がつかなかった。怒りは権藤を違う方向へ向かわせた。

彼はキャビネットに近づき、引き出しの一つから、アンティークの短剣を取り出した。抜き放つと、刀身は一四世紀トルコの大王朝の品だという故《こ》買《ばい》商の言葉にふさわしいかがやきを帯びた。

「切りたくなってきた。〈新宿〉がそう命じてる。これからすぐ——」

ふり向きかけて、彼は鳩尾《みぞおち》に灼熱《しゃくねつ》の痛みを感じた。

足下《あしもと》に跪《ひざまず》いているのは、逃亡した愛人であった。

「何……しやがる? てめえは……出て行った……」

「急に人を刺したくなったのよ。あんたみたいな、ヤな男をね」

「てめえ」

体内でねじくり廻される包丁の切れ味を思い知りながら、権藤は短剣をふり下ろした。それは女の頸《けい》骨《こつ》にぶつかったものの、ほとんど停滞せずに突き砕いた。

歴史の闇から甦った殺人物語は、過去へと戻るのかもしれない。

ちどりと〝ジャック〟が、字戸を招いたのは、〈早稲田大学〉近くのあの通りであった。

おお、過ぎた日を招くがごとき〈世紀末倫敦通り〉。なぜ霧が深い。学生バーの灯《ひ》は遠く揺れ、青春の日を讃える歌声も切れ切れに闇をゆする。

石畳の道に人影が伏していた。

その顔を見て、

「メアリ・アン・ニコルズ」

と〝ジャック〟が言った。

「服装も資料で見たのと同じだわ」

ちどりが眉を寄せ、身を屈《かが》めて、一〇〇余年前の娼婦の首に触《ふ》れた。

「よく出来ているけれど――機械人形よ」

誰かこの事件に憑《つ》かれたマニアか、景気回復を意図する商店街の連中が置いたものか。

「そこにもあるぜ」

二メートルばかり離れた路上で、字戸が指さしたのは、喉をぱっくりと開いた女の死骸だった。

「アニー・チャップマンだ」

と〝ジャック〟。

「内臓も史実どおりよ。引きずり出した腸を、邪魔にならないように首にかけ、子宮と膀胱《ぼうこう》と膣《ちつ》の上部が切り取られているわ」

それから三人の前には、次々と三体の死体が現われた。エリザベス・ストライド、キャサリン・エドウズ、そして屋内でたっぷりと時間をかけて、〝分解〟されたメアリ・ジェーン・ケリー。作りものといえど、常人なら嘔吐《おうと》してもおかしくない凄惨《せいさん》な死骸を、三人は平然と見下ろして行った。

「ひとつ異議がある」

と〝ジャック〟が言った。その声の中に怒りを感じて、ちどりは興味を抱いた。

「異議って？」

「この五番目の女は、おれの仕業じゃない」

「そう言や、TVのドキュメンタリーで見たぜ」

宇戸が頬の片方をこすりながら言った。

「最初から四番目までは、解剖の心得《こころえ》がある者――つまり私の仕業だが、五番目はそんなものに縁がない無知なる犯人のものだ」

「肉屋や動物の解体業者だという話もあったわね。今では歴史の闇に消えているわ」

「そろそろ行くか」

と宇戸の声は期待で張り裂けそうである。

「いいですとも」

ちどりが後退して距離を取った。

二人同時に身構えた。

戦いの結果は、しかし、早かった。

白い喉を狙った宇戸の一撃を沈んで躱《かわ》したちどりのナイフが、男の股間から肋骨《ろっこつ》をすべて両断し、喉元まで達していたのである。

口腔《こうこう》から血を噴く前に、ナイフはその首を皮一枚残して切断した。


「見事だ」

ナイフを片手に立ち尽くすちどりを、〝ジャック〟はこう労《ねぎら》ってから、その前に立った。

「ひょっとして?」

ちどりはなお動悸《どうき》の収まらぬ胸を押さえた。〝ジャック〟が懐《ふところ》からナイフを抜いた。

「どうして?」

「これが本当の結末だ」

言うなり、ちどりの喉へと走る斬線《ざんせん》は、予想していても躱せぬ速度と強さを持っていた。間一髪《かんいっぱつ》、上体だけをのけぞらせてやり過ごしたのは、〝ジャック〟に鍛《きた》えられた反射神経の閃《ひらめ》きか。

そのまま跳びずさり、着地した眼前へ、すでに〝ジャック〟は迫っている。

応じようと引いた足を、柔らかいものが遮《さえぎ》った。宇戸の死骸であった。

そこから体勢を整える暇《いとま》もない女の喉へ一閃《いっせん》――するはずの刃も大きく乱れた。何かが、〝ジャック〟の足首を掴んだのだ。字戸の手が。

彼は全身の血を路上に吐いて死んでいる。こと切れている。それなのに、〝ジャック〟を見上げる顔は、明白な憎悪と歓喜を宿していた。

ぶん、と、〝ジャック〟の喉元で鋼《はがね》と風が鳴った。かつて自らの手でふり撒《ま》いた女たちの血を、今は自らの喉から滝のように噴出しながら、彼は喉を押さえ、しかし、ナイフは離さずに数秒――どっと偽りの倫敦の石畳の上に、大の字に倒れた。

ちどりは両膝《りょうひざ》をついた。何もわからなかった。〝ジャック〟を助けてからこの数日のすべてが、嘘のような気がした。〝ジャック〟の喉を裂いた感触が手の中に残っている。それだけが現実だった。それが腕から肩へ、肩から上半身へと伝わっていく。

ちどりが立ち上がったのは、数秒後であった。足音が二つ背後から迫って来たのも数秒後であった。

「遅かった」

と秋せつらは、霧の中でつぶやいた。

霧を巻いてメフィストが〝ジャック〟と字戸の死体に近づき、それぞれ脈を取り、瞳孔《どうこう》を調べた。

字戸の身体へ眼をやって、

「こちらは死亡。しかし、こちらは――」

と視線を移した。

〝ジャック〟の眼が開いた。

「今こそこれが必要だ」

繊手《せんしゅ》がケープの内側へ入り、生々しい心臓を取り出した。

さらに細いメスで〝ジャック〟の衣裳と胸部まで切り裂き、左胸の欠損部へ、それを収納した。

「心臓はまともな品に戻してある。これで逝《い》けるだろう。望みは叶った」

メフィストの声は祈りだったかもしれない。心臓が脈打つと同時に、〝ジャック〟は眼を閉じた。その身体が塵《ちり》と化すまで、心臓は二つ脈打った。

「〈神楽坂〉の料亭を出てすぐ、〝凍らせ屋〟に捕まって出遅れた。残念ながら、依頼は果たせなかったよ」

　せつらの語りの相手は無論メフィストだ。返事は、

「役立たず」

　であった。

「〈新宿区〉が、〝ジャック〟を逮捕した者には一億、斃した者には五千万の賞金を出している。申請するといい」

「ありがとう」

　とちどりは応じた。すべて終わった。その思いのせいか、硬いが力強い声であった。

「後は任《まか》せるわ、ドクター。警察には、あなたたちの手柄にしてくれると助かります」

　弛緩《しかん》で崩れた姿勢を〈早稲田通り〉の方へ向けて歩き出す。
　五、六メートルのところで、
「ちょい待ち」

　とせつらの声がかかった。

　春風駘蕩《しゅんぷうたいとう》の口調であった。そこに何を感じたか、立ち止まったちどりの身体が、こわばった。

　背を見せたまま、

「何か？」

　と訊いた。

「〝ジャック〟は、この星が生まれたときから、ともに存在してきた〝悪〟のひとつだ」

　メフィストであった。

「〝悪〟とは邪悪なる手段をもって世界を害することをその目的とする。実体化の形は様々だ。地震、水害、旱魃《かんばつ》、嵐、戦争、そして、殺人鬼——〝ジャック〟もそのひとつだ。彼の目的は娼婦ではなかった。男と交わった、そして、交わる可能性を持つ女性——すなわちすべての女性の殺戮《さつりく》を担当していたのだ」

「それが、どうかしまして？」

　ちどりが硬い声で訊いた。

「うちの看護師のひとりが今日、同僚を無差別に刺

殺しようとして、突然床に開いた穴に呑み込まれた。彼女は殺戮の前に使命を果たすつもりだったと言明している。彼女に憑いたのは、ジャックの精神《こころ》で、その実現を中断した穴は、恐らく〈新宿〉の意思だ」

「…………」

「〝ジャック〟は、この街に現われたときから、別の姿で殺人を犯すつもりでいた。かつての倫敦のように、その正体をくらますためだろう。当時、犯人は産婆《さんば》か看護婦だという説もあったのだ。〝悪〟は滅《ほろ》びはせん。また別の姿を取って目的の完遂《かんすい》を目指す」

「だろ、〝ジャック〟?」

せつらであった。

「何でもお見通しというわけね、ミスター〈新宿〉のお二人」

ちどりが笑いを含んだ声で言った。

「でも、ひとつ違うわ。決定的に。私は〝ジャック〟じゃない。あの男《ひと》から私が感じたのは、ひどく長い歳月をかけても、増大するばかりで、とうとう癒《いや》されなかった孤独よ。あの男がナイフを教えてくれたのは、殺しの技を伝えるためじゃないわ。他人とつき合っていたかっただけ」

ちどりは泣いているのかもしれない。

「でも、あの男が消えても、〝悪〟は残った。あなたたちの言うとおりに。私は今夜から、殺人をはじめる。私らしい〝切り裂きジャック〟として。手始めに最大の邪魔者を排除しなくてはね。秋せつら――ドクター・メフィスト。〈魔界都市〝新宿〟〉そのものをね」

「やれやれ」

とせつらが肩をすくめて、

「ここは僕に」

とメフィストに言った。

「相手が悪いぞ」

「何とかなるさ」

このとき、せつらは数十条の妖糸をちどりにとばしていた。〝探り糸〟ではない。ひと触れで骨まで断つ〝切断糸〟だ。

ちどりの全身を光のすじが駆け巡《めぐ》った。糸はことごとく断たれた。ちどりがふり向きざま、ナイフを投げた。

――――!?

せつらが張った〝守り糸〟を易々《やすやす》と断ち切ったナイフへ、左方からメフィストのメスが閃いた。

ああ、〈魔界医師〉のメスよ、なぜ女のナイフを落とせない。

メスの成果は、わずかな軌道の変化を生んで、心臓を貫くべき刃を左の肩に食い込ませたことだった。

せつらはよろめいた。

その胸もとへちどりがとび込んだ。メフィストすら遮《さえぎ》れぬ神速《しんそく》であった。

三つの人影と――時間が停止した。


せつらの美貌へ、ちどりが勝ち誇った眼を上げた。新たなナイフはせつらの心臓を正確に貫いていたのである。

ちどりの表情が変わった。ミスに気づいたのだ。彼女が刺したのは、せつらではなかった。

「――これは……」

メフィストが呻いた。神の顕現《けんげん》を眼《ま》のあたりにした悪魔《メフィストフェレス》のごとく。

「〈魔界都市〉を甘く見たな、〝ジャック〟よ」

何も変化はない。闇はますます厚く、霧はなお濃く、新しい倫敦の一角を閉ざしていく。

だが、白い医師と女殺人鬼は感じた。途方もなく巨大なものが、彼らを睥睨しているのを。

「秋せつら――君は何者だ?」

メフィストの声は凍《い》てついた一九世紀の街に遠く流れた。

霧が三人を呑み込んだ。

不意に、ひとつの影がバランスを崩し、数歩後退した。

ちどりであった。その喉は赤い口を開けていた。口は血を噴いた。

「〈魔界都市〉……」

そして、誰の声なのか。

「……おれに会《い》ってしまったな」

ちどりが倒れた。右手にはせつらの胸を刺したはずの凶器が光っていた。こびりついた血はどちらのものか。

せつらは立ち尽くしていた。メフィストすら近寄り難いものが全身を覆《おお》い――薄れて――消滅した。

せつらが大きく息を吐いた。

少し間《ま》を置いて、

「終わったかな」

と言った。静夜《せいや》に、春風が吹いた。

メフィストはうなずき、

「検査入院を勧《すす》める」

と言った。

「ああ」

とせつらは返した。のんびりと。何が起きたかも忘れ果てたかのように。

本書は書下ろしです。

あとがき

今回のテーマ（というほどのことはないが）は〝切り裂きジャック〟である。

一八八八年の八月三十一日を皮切りに、九月八日、九月三十日（二件）、十一月九日まで続いた事件《ケース》は、犯人のサイン（実は新聞記者による捏造《ねつぞう》とも言われる）によって〝切り裂きジャック《ジャック・ザ・リッパー》〟事件と呼ばれることになった。真相はいまだに謎である。

私はなぜか、この娼婦《しょうふ》専門の殺人鬼と蛮行《ばんこう》に魅《ひ》かれ、某早川《はやかわ》書房から出した第一作も『切り裂き街のジャック』であった（あのとき、担当者が出した代案タイトル『宇宙の切り裂きジャック』はいま思い出しても身の毛がよだつ）し、短編でも何度か扱っている（と思う）。

かつて倫敦《ロンドン》を旅したとき、当然のように惨劇の現場「イーストエンド」へも足を運んでみた。驚くべきことに、大通りから一本小路《こみち》へ入れば、荒涼《こうりょう》としたスラムの佇《たたずま》いが色濃く残っており、〝ジャック〟の後ろ姿を描いた看板を大きく掲《かか》げたパブが、堂々と店を広げていた。店の名前も確か「ジャック・ザ・リッパー」であった。今ではツアーが組まれ、観光バスに乗り込んだ客たちが、夜の街をうろついているという。

動機もわからぬ犯人は、数多くの推測を後世に残したまま、一九世紀末の闇の中に消えた。ここが素晴らしい。

私は彼の正体にも動機にも興味がない。闇から現われ、闇へと消えた。しかも、拳銃などという野暮《やぼ》な代物《しろもの》は使わず、手応《てごた》えが伝わるナイフを得物《えもの》とした。それらを取り巻くスラム街イーストエンドの風物《ふうぶつ》――ひと気のない、ゴミ箱ばかりが目立つ通り、貧しい労働者たちの喧騒《けんそう》と、安価な酒と煙草《たばこ》の臭いに満ちたパブ、入ったら一生出られぬような入り組んだ路地、街頭を飾るサンドイッチマン、オルガン奏者、マッチ売りの少女、犬の首飾り売り等々の売り子たち。そして、名物「スコットランド・ヤード」の警官たちと、名探偵シャーロック・ホームズ――私を魅きつけるのは、こういった小道具たちだ。

〝ジャック〟が何処《どこ》へ消えたかは永遠にわかるまい。しかし、現代に復活させる場所として、〈魔界都市〝新宿〟〉ほどふさわしい魔都はないだろう。

出版は二カ月遅れるに到った。辛抱《しんぼう》強く待ってくれた担当のH氏、印刷所の方々にはお詫《わ》びと感謝の言葉しか浮かばない。そんなもの浮かべる暇《ひま》があったら書け、と言われるだろうか。

〝切り裂きジャック〟の時代、犯罪という分野で、最も高名なのはシャーロック・ホームズであろうが、ヴィクトリア朝の光と闇と混沌《こんとん》を推理によって切り裂いていったホームズが、あくまでも作りものであったのに比して、〝切り裂きジャック〟は本物の魔人であった。そして小説の中で静かに引退を迎え、その日まで書き続けられたホームズに対し、彼は現実の闇の中へと何も知られず消えていったのである。事実は小説より奇なりとは、正《まさ》しく〝ジャック〟とその犯罪のことだった。

二〇一九年十二月十日
「バスカヴィル家の犬」（'59）を観《み》ながら。

菊地秀行

闇鬼刃

ノン・ノベル百字書評

キリトリ線

闇鬼刃

なぜ本書をお買いになりましたか（新聞、雑誌名を記入するか、あるいは○をつけてください）

- □（　　　　　　　　　　　）の広告を見て
- □（　　　　　　　　　　　）の書評を見て
- □ 知人のすすめで
- □ タイトルに惹かれて
- □ カバーがよかったから
- □ 内容が面白そうだから
- □ 好きな作家だから
- □ 好きな分野の本だから

いつもどんな本を好んで読まれますか（あてはまるものに○をつけてください）

●**小説**　推理　伝奇　アクション　官能　冒険　ユーモア　時代・歴史　恋愛　ホラー　その他（具体的に　　　　　　　　）

●**小説以外**　エッセイ　手記　実用書　評伝　ビジネス書　歴史読物　ルポ　その他（具体的に　　　　　　　　）

その他この本についてご意見がありましたらお書きください

最近、印象に残った本をお書きください			ノン・ノベルで読みたい作家をお書きください		
1カ月に何冊本を読みますか	冊	1カ月に本代をいくら使いますか	円	よく読む雑誌は何ですか	
住所					
氏名		職業		年齢	

あなたにお願い

この本をお読みになって、どんな感想をお持ちでしょうか。

この「百字書評」とアンケートを私までいただけたらありがたく存じます。個人名を識別できない形で処理したうえで、今後の企画の参考にさせていただくほか、作者に提供することがあります。

あなたの「百字書評」は新聞・雑誌などを通じて紹介させていただくことがあります。その場合はお礼として、特製図書カードを差しあげます。

前ページの原稿用紙（コピーしたものでも構いません）に書評をお書きのうえ、このページを切り取り、左記へお送りください。祥伝社ホームページからも書き込めます。

〒一〇一―八七〇一
東京都千代田区神田神保町三―三
祥伝社
NON NOVEL編集長　金野裕子
☎〇三（三二六五）二〇八〇
www.shodensha.co.jp/bookreview

NON NOVEL

「ノン・ノベル」創刊にあたって

「ノン・ブック」が生まれてから二年一カ月、ここに姉妹シリーズ「ノン・ノベル」を世に問います。

「ノン・ブック」は既成の価値に〝否定《ノン》〟を発し、人間の明日をささえる新しい喜びを模索するノンフィクションのシリーズです。

「ノン・ノベル」もまた、小説《フィクション》を通して、新しい価値を探っていきたい。小説の〝おもしろさ〟とは、世の動きにつれてつねに変化し、新しく発見されてゆくものだと思います。

わが「ノン・ノベル」は、この新しい〝おもしろさ〟発見の営みに全力を傾けます。ぜひ、あなたのご感想、ご批判をお寄せください。

昭和四十八年一月十五日

ＮＯＮ・ＮＯＶＥＬ編集部

NON・NOVEL―1049

魔界都市《まかいとし》ブルース　闇鬼刃《あんきじん》

令和２年２月20日　初版第１刷発行

著　者　菊《きく》地《ち》秀《ひで》行《ゆき》
発行者　辻　浩明
発行所　祥《しょう》伝《でん》社《しゃ》
〒101-8701
東京都千代田区神田神保町 3-3
☎ 03(3265)2081(販売部)
☎ 03(3265)2080(編集部)
☎ 03(3265)3622(業務部)
印　刷　萩原印刷
製　本　ナショナル製本

ISBN978-4-396-21049-6　C0293

サイコダイバー・シリーズ
魔獣狩り 新装版　夢枕 獏

長編超伝奇小説 新装版
魔獣狩り外伝 聖母隠陀羅・美空曼陀羅　夢枕 獏

長編超伝奇小説 新装版
新・魔獣狩り序曲 魍魎の女王　夢枕 獏

サイコダイバー・シリーズ⑬〜㉕
新・魔獣狩り〈全十三巻〉　夢枕 獏

マン・サーチャー・シリーズ
魔界都市ブルース〈愁鬼の章〉　菊地秀行

マン・サーチャー・シリーズ
魔界都市ブルース〈幻舞の章〉　菊地秀行

マン・サーチャー・シリーズ
魔界都市ブルース〈恋獄の章〉　菊地秀行

マン・サーチャー・シリーズ
魔界都市ブルース〈愁哭の章〉　菊地秀行

マン・サーチャー・シリーズ
魔界都市ブルース〈鬼郷の章〉　菊地秀行

マン・サーチャー・シリーズ
魔界都市ブルース〈霧幻の章〉　菊地秀行

マン・サーチャー・シリーズ
魔界都市ブルース〈愁歌の章〉　菊地秀行

魔界都市ブルース
青春鬼　菊地秀行

魔界都市ブルース
闇の恋歌　菊地秀行

魔界都市ブルース
青春鬼 夏の羅刹　菊地秀行

魔界都市ブルース
妖婚宮　菊地秀行

魔界都市ブルース
〈魔法街〉戦譜　菊地秀行

魔界都市ブルース
狂絵師サガン　菊地秀行

魔界都市ブルース
美女祭綺譚　菊地秀行

魔界都市ブルース
虚影神　菊地秀行

魔界都市ブルース
屍皇帝《しこうてい》　菊地秀行

魔界都市ブルース
〈魔界〉選挙戦　菊地秀行

魔界都市ブルース
〈新宿〉怪造記　菊地秀行

魔界都市ブルース
ゴルゴダ騎兵団　菊地秀行

魔界都市ブルース
黒魔孔《こくまこう》　菊地秀行

魔界都市ブルース
餓獣の牙　菊地秀行

魔界都市ブルース
傭兵《ようへい》戦線　菊地秀行

魔界都市ブルース
幻視人《げんしびと》　菊地秀行

魔界都市ブルース
紅《くれない》の女王　菊地秀行

魔界都市ブルース
闇鬼刃《あんきじん》　菊地秀行

長編超伝奇小説
ドクター・メフィスト **夜怪公子《やかいこうし》**　菊地秀行

長編超伝奇小説
ドクター・メフィスト **若き魔道士**　菊地秀行

長編超伝奇小説
ドクター・メフィスト **瑠璃魔殿《るりまでん》**　菊地秀行

NON NOVEL

長編超伝奇小説 ドクター・メフィスト 妖獣師ミダイ　菊地秀行

長編超伝奇小説 ドクター・メフィスト 不死鳥街　菊地秀行

長編超伝奇小説 ドクター・メフィスト 消滅の鎧《アーマー》　菊地秀行

魔界都市迷宮録 ラビリンス・ドール　菊地秀行

魔界都市プロムナール 夜《や》香《こう》抄《しょう》　菊地秀行

魔界都市ノワール 魔香録　菊地秀行

魔界都市ノワール 兇月面　菊地秀行

魔界都市アラベスク 邪界戦線　菊地秀行

魔界都市ヴィジトゥール 幻工師ギリス　菊地秀行

長編超伝奇小説 魔海船〈全三巻〉　菊地秀行

退《たい》魔《ま》針《しん》 鬼獣戦線　菊地秀行

退魔針 紅虫魔殺行　菊地秀行

新バイオニック・ソルジャー・シリーズ 新・魔界行〈全三巻〉　菊地秀行

長編新伝奇小説 夜光曲 薬師寺涼子の怪奇事件簿　田中芳樹

長編新伝奇小説 水妖日にご用心 薬師寺涼子の怪奇事件簿　田中芳樹

長編新伝奇小説 海から何かがやってくる 薬師寺涼子の怪奇事件簿　田中芳樹

長編新伝奇小説 白《びゃく》魔《ま》のクリスマス 薬師寺涼子の怪奇事件簿　田中芳樹

連作小説 厭な小説　京極夏彦

長編新伝奇小説 ソウルドロップの幽体研究　上《か》遠《ど》野《の》浩平

長編新伝奇小説 メモリアノイズの流転現象　上遠野浩平

長編新伝奇小説 メイズプリズンの迷宮回帰　上遠野浩平

長編新伝奇小説 トポロシャドゥの喪失証明　上遠野浩平

長編新伝奇小説 クリプトマスクの擬死工作　上遠野浩平

長編新伝奇小説 アウトギャップの無限試算　上遠野浩平

長編新伝奇小説 コギトピノキオの遠隔思考　上遠野浩平

魔大陸の鷹 熱《ねっ》沙《さ》奇《き》巌《がん》城《じょう》　赤城 毅

魔大陸の鷹 氷海の狼火　赤城 毅

魔大陸の鷹 燃える地平線　赤城 毅

長編冒険スリラー オフィス・ファントム〈全三巻〉　赤城 毅

長編本格推理 奇動捜査 ウルフォース　霞《かすみ》 流一《りゅういち》

推理アンソロジー まほろ市の殺人　有栖川有栖他

長編推理小説 十津川班捜査行 湘南情死行　西村京太郎

長編推理小説 近鉄特急 伊勢志摩ライナーの罠　西村京太郎

長編推理小説 十津川班捜査行 わが愛 知床に消えた女　西村京太郎

長編推理小説 十津川警部捜査行 外国人墓地を見て死ね　西村京太郎

トラベル・ミステリー 十津川警部捜査行 宮古《みやこ》行「快速リアス」殺人事件　西村京太郎

長編推理小説 生死を分ける転車台 天竜浜名湖鉄道の殺意　西村京太郎

トラベル・ミステリー 十津川警部捜査行 カシオペアスイートの客　西村京太郎

長編推理小説 十津川警部捜査行 SL「貴婦人号」の犯罪　西村京太郎

トラベル・ミステリー 十津川直子の事件簿　西村京太郎

長編推理小説 九州新幹線マイナス1　西村京太郎

トラベル・ミステリー 十津川警部 怪しい証言　西村京太郎

長編推理小説 十津川警部 哀しみの吾妻《あがつま》線　西村京太郎

推理小説 十津川警部 悪女　西村京太郎

長編推理小説 十津川警部 七十年後の殺人　西村京太郎

トラベル・ミステリー 十津川警部 裏切りの駅　西村京太郎

長編推理小説 十津川警部 絹の遺産と上信電鉄　西村京太郎

長編推理小説 十津川警部 わが愛する犬吠の海　西村京太郎

長編推理小説 十津川警部 予土線《ローカル》に殺意が走る　西村京太郎

長編推理小説 十津川警部 路面電車と坂本龍馬　西村京太郎

長編推理小説 十津川警部シリーズ 阪急電鉄殺人事件　西村京太郎

長編本格推理小説 鯨の哭《な》く海　内田康夫

長編推理小説 棄霊島《きれいじま》 上下　内田康夫

長編推理小説 還《かえ》らざる道　内田康夫

長編推理小説 汚《よご》れちまった道　内田康夫

長編旅情推理 釧路川殺人事件　梓林太郎

長編旅情推理 笛吹川殺人事件　梓林太郎

長編旅情推理 紀の川殺人事件　梓林太郎

長編旅情推理 京都 保津川殺人事件　梓林太郎

長編旅情推理 京都 鴨川殺人事件　梓林太郎

長編旅情推理 日光 鬼怒川殺人事件　梓林太郎

長編旅情推理 神田川殺人事件　梓林太郎

長編旅情推理 金沢 男川女川殺人事件　梓林太郎

長編旅情推理 安芸広島 水の都の殺人 梓林太郎

長編旅情推理 博多 那珂川《なかがわ》殺人事件 梓林太郎

長編旅情推理 倉敷 高梁川《たかはしがわ》の殺意 梓林太郎

長編旅情推理 木曽川 哀しみの殺人連鎖 梓林太郎

長編推理小説 歌舞伎町謀殺 顔のない刑事・刺青捜査 太田蘭三

長編推理小説 京都鞍馬《くらま》街道殺人事件 木谷恭介

本格推理コレクション しらみつぶしの時計 法月綸太郎

長編本格推理 藍《あい》の悲劇 太田忠司

長編本格推理 男爵《バロン》最後の事件 太田忠司

長編ミステリー 幻影のマイコ 太田忠司

長編ミステリー 警視庁幽霊係 天野頌子《しょうこ》

連作ミステリー 少女漫画家が猫を飼う理由《わけ》 警視庁幽霊係 天野頌子

連作ミステリー 紳士のためのエステ入門 警視庁幽霊係 天野頌子

長編ミステリー 警視庁幽霊係と人形の呪い 天野頌子

長編ミステリー 警視庁幽霊係の災難 天野頌子

長編本格推理 扉は閉ざされたまま 石持《いしもち》浅海《あさみ》

長編本格推理 君の望む死に方 石持浅海

長編本格推理 彼女が追ってくる 石持浅海

本格推理小説 わたしたちが少女と呼ばれていた頃 石持浅海

長編本格推理 賛美せよ、と成功は言った 石持浅海

サイコセラピスト探偵・波田煌子 蒼い月 なみだ事件簿にさようなら! 鯨統一郎

長編本格歴史推理 親鸞《しんらん》の不在証明 鯨統一郎

本格歴史推理 空海 七つの奇蹟 鯨統一郎

天才・龍之介がゆく! 人質ゲーム、オセロ式 柄刀《つかとう》 一《はじめ》

天才・龍之介がゆく! UFOの捕まえ方 柄刀 一

天才・龍之介がゆく! 消滅島 RPGマーダー 柄刀 一

長編サスペンス 陽気なギャングが地球を回す 伊坂幸太郎

長編サスペンス 陽気なギャングの日常と襲撃 伊坂幸太郎

長編サスペンス 陽気なギャングは三つ数えろ 伊坂幸太郎